Vorwort

Mit diesem Abenteuer halten Sie einen weiteren **Mondsplitter** in Händen, Teil einer Reihe von Abenteuern für die Regeln der **Splittermond Einsteigerbox**. Die Abenteuer dieser Reihe zeichnen sich dadurch aus, dass sie vom Umfang und den Ansprüchen her sowohl an Einsteiger gerichtet sind als auch an all jene Spielleiter, die keine Lust haben, vor einem Spielabend viel Zeit mit der Vorbereitung eines Abenteuers zu verbringen. Mondsplitter sind vom Umfang her überschaubar und meist an einem Spielabend spielbar – und sie versuchen den Spielleiter an die Hand zu nehmen und alle Szenen so sehr auszugestalten, dass wenig Eigenarbeit nötig ist. Dabei nutzt der Band auch diverse Symbole, um einen schnellen Überblick im Text zu gewährleisten:

💬 Dieses Zeichen kennzeichnet Kästen mit Vorlesetexten.

❗ Dieses Zeichen kennzeichnet spezielle und wichtige Informationen für den Spielleiter.

❓ Dieses Zeichen kennzeichnet optionale Szenen, die nicht zwingend eintreten müssen.

🏰 Dieses Zeichen kennzeichnet Beschreibungen von Schauplätzen.

👤 Dieses Zeichen kennzeichnet Beschreibungen relevanter Personen (und in diesem speziellen Fall auch: Pferde).

Auch die sonstige Struktur der Mondsplitter versucht, es dem Spielleiter einfach zu machen: Vor jeder Szene finden Sie einen Kasten, in dem sowohl die Ziele der Abenteurer als auch des Spielleiters für diese Szene zur besseren Übersicht angegeben sind, ebenso wie weitere relevante Informationen wie etwa mögliche Folgeszenen samt Seitenverweis. Darüber hinaus finden Sie an diversen Stellen Checklisten, bei denen Sie den Abenteurern bereits gegebene Informationen oder aber auch nur die Vollständigkeit der diesen anvertrauten Pferdeherde abhaken können.

Wir wünschen Ihnen und Ihren Spielern viel Spaß mit diesem Mondsplitter und hoffen, dass Sie viel Freude in Ashurmazaan haben!

Einleitung

In der farukanischen Stadt *Zirahya* im Shahirat *Ashurmazaan* sind die wohl bekanntesten Pferdezuchten des Landes beheimatet, und die Aufgabe der Abenteurer ist es, einige edle Zirahner-Pferde vom Markt in Zirahya in die Hafenstadt *Pashanis* zu bringen, wo sie verschifft werden sollen. Doch verläuft diese Reise nicht ohne Komplikationen, denn von der übermütigen Pferdediebin bis zum wilden weißen Löwen scheint es sich halb Ashurmazaan in den Kopf gesetzt zu haben, den Abenteurern die wertvollen Tiere abzujagen.

Region: Ashurmazaan
Schauplatz: Reise von Zirahya nach Pashanis
Erfahrung: Heldengrad 1
Zeitraum: etwa eine Woche im Sommer eines beliebigen Jahres ab 991 LZ

Was bereits geschah...

Der erfolgreiche farukanische Pferdezüchter *Atosh Harunbeh* hat ein Problem: Unlängst hat die Daeva *Ezgil*, ein böswilliges und betrügerisches Feenwesen, ihm und seiner Familie Rache geschworen, da er ihre Intrigen durchschaut und vereitelt hatte.

Nun steht der Verkauf von sieben teuren Pferden aus Atoshs Zucht an einen ausländischen Käufer vor dem Abschluss, und der Züchter argwöhnt zurecht, dass die Fee mit allen Mitteln versuchen wird, ihm dabei zu schaden. Da er fürchtet, der Fluch der Daeva könne ihm und seinen eigenen Leuten anhaften und so das Unternehmen ganz direkt gefährden, sucht Atosh nun die Hilfe Außenstehender. Sie sollen den letzten Teil des Handels abwickeln und die Tiere von seinem Gestüt aus zum Hafen von Pashanis eskortieren, von wo aus sie verschifft werden sollen.

... und was geschehen wird

Die Daeva Ezgil hat tatsächlich vor, sich an Atosh zu rächen, den Verkauf der Tiere zu behindern und dabei möglichst viel Unfrieden zu stiften. Sie hat auf dem Weg von Zirahya nach Pashanis einige Hindernisse arrangiert, mit denen sich die Abenteurer werden herumschlagen müssen. In Pashanis wird sie sogar versuchen, die Gestalt der dragoreischen Kontoristin *Sansifreida Cantaris* anzunehmen, die für die Käuferseite agiert, um die Abenteurer um die ihnen anvertrauten Pferde zu betrügen.

Ein Wort zu den Abenteurern

Die Gruppe wird vor allem in Bezug auf ihre Fähigkeiten im Umgang mit Tieren, ihre Reisetauglichkeit sowie ihre Wehrhaftigkeit vor Herausforderungen gestellt werden. Mit etwas diplomatischem Geschick lassen sich einige ansonsten womöglich kämpferische Begegnungen auch friedlich lösen. Reine Stubenhocker und Büchergelehrte werden sich wahrscheinlich schwertun. Die Abenteurer sollten zudem Reiten können oder vergleichbar schnelle Reisemittel besitzen: Es wäre unrealistisch, wenn die Auftraggeber mindestens doppelte Reisezeiten für den Transport ihrer Pferde in Kauf nehmen würden, weil sie den gesamten Weg am Zügel geführt werden müssen.

Wenn Sie vorgefertigte Abenteurer verwenden wollen, eignen sich neben den Figuren aus der **Splittermond-Einsteigerbox** (die allesamt fremd am Ort der Handlung sind), vor allem die **Splittermond**-Archetypen *Arrou*, *Eshi* und

Selesha als mehr oder weniger einheimische Charaktere, sowie, wenn Sie mit den **Schnellstarter**-Regeln spielen, die vorgefertigten Abenteurer des *Splittermond-Schnellstarters zum Gratisrollenspieltag 2016*.
Sowohl die auf die Einsteigerbox-Regeln angepassten Archetypen als auch das Schnellstarter-Heft können Sie kostenlos auf der Webseite **www.splittermond.de** herunterladen. Das im Schnellstarter von 2016 enthaltene Abenteuer *Die Federn des Feiglings* spielt zudem in der gleichen Region wie dieser Mondsplitter und hat mit ihm die Figur des *Atosh Harunbeh* gemeinsam, so dass sich beide Szenarien (in beide Richtungen) sehr gut hintereinander spielen lassen.

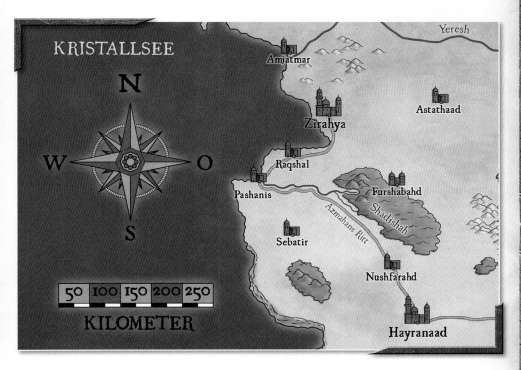

Kapitel 1
Einstieg mit Hufgetrappel

Der erste Kontakt der Abenteurer mit ihren Auftraggebern verläuft über öffentliche Ausrufe, in denen vertrauenswürdige Begleiter für die Überführung einiger kostbarer Pferde gesucht werden. Als Lohn winkt klingende Münze (für circa eine Woche Aufwand 15 Lunare pro Abenteurer) oder die Ausstattung mit Handelswaren der Auftraggeber von jeweils vergleichbarem Wert. Die konkrete Aufgabe ist es, vom Gestüt des Atosh Harunbeh etwas außerhalb der Stadt Zirahya sieben edle Zirahner-Rösser, deren Kauf bereits verhandelt und besiegelt wurde, wohlbehalten zum etwa 250 Kilometer weiter südwestlich liegenden Hafen von Pashanis zu bringen. Hier sollen die Tiere von der Kontoristin Sansifreida Cantaris als Kontaktfrau des dragoreischen Käufers in Empfang genommen und verschifft werden. Sansifreida wird den Abenteurern ihren Lohn auszahlen, sobald sie sich von der Vollzähligkeit und Gesundheit der Tiere überzeugt hat. Wir gehen im Folgenden davon aus, dass die Abenteurer so in Atoshs Dienste gelangten.

Sansifreida

Wenn Sie hingegen überhaupt erst einen Grund brauchen, die Abenteurer nach Farukan zu bringen, können diese alternativ auch auf Käuferseite agieren.

❧ Hierfür können Sie passende Kontakte aus vorhergehenden Abenteuern als Interessenten nutzen, die über die Kontoristin Sansifreida den Kauf haben anbahnen lassen. Da Atosh darauf besteht, dass die Tiere von seinem Gestüt abgeholt werden, schickt Sansifreida in diesem Fall auf ihre eigenen Kosten die Abenteurer mit entsprechender Order aus.

❧ Start und Ziel dieses Abenteuers bleibt in allen Fällen gleich: Die bespielte Reise beginnt in Zirahya mit der Entgegennahme der kleinen Pferdeherde und endet in Pashanis hoffentlich mit deren unversehrter Übergabe.

Der farukanische Ehrenkodex

Wenn die Abenteurer zum ersten Mal in Farukan sein sollten, wird ihnen recht bald das Konzept des hiesigen Ehrenkodex auffallen. Als öffentliches Zeichen der Ehrbarkeit wird von erwachsenen freien Farukanis mindestens eine echte oder als Schmuck nachgebildete Pfauenfeder getragen, meist an einer Kopfbedeckung.

Personen mit besonders hohem persönlichem Ansehen können, völlig unabhängig von Amt und Vermögen, bis zu fünf dieser Federn tragen – sechs sind allein dem Padishah, dem Herrscher des Großreiches, vorbehalten.

> **Sansifreida Cantaris:** Mensch, 36 Jahre alt / ca. 1,71 m groß / dragoreische Kleidung mit farukanischem Einschlag / sonnengebleichtes blondes Haar / recht humorlos / sehr zahlenaffin / Kontoristin im Hafen von Pashanis (spielrelevante Werte finden Sie im Anhang auf S. 35).

> **!** Für die Gruppe ändern sich zwei wichtige Umstände, die Sie als Spielleiter beachten müssen, sofern Sie Sansifreida statt Atosh als Auftraggeberin einsetzen:
>
> **☾** In diesem Fall kennen die Abenteurer den Weg zwischen Pashanis und Zirahya bereits aus eigener Erfahrung, auch wenn Sie diese Etappe nicht eigens ausspielen sollten. So kann die Gruppe den Rückweg mit den Pferden noch besser planen, als wenn sie ihn sich nur von Atosh beschreiben lässt. Das sollte sich in passenden Situationen wie der Suche nach einem Rastplatz, Wasserquellen oder Jagdwild durch einen *leicht positiven Umstand* (Bonus in Höhe von 2 Punkten) bei *Naturkunde-* oder *Überleben*-Proben bemerkbar machen.
>
> **☾** Da sie die Strecke zweimal zurücklegen, dabei aber nur auf dem Rückweg auf die Pferde aufpassen müssen, erhöht sich der oben angegebene Gesamtlohn für die Abenteurer (nur) um 50%.
>
> **☾** Zudem kennen die Abenteurer bei dieser Ausgangslage auch bereits Sansifreida persönlich und werden sich nicht so leicht täuschen lassen, wenn die Daeva im Finale des Abenteuers versucht, deren Stelle einzunehmen (siehe **Lug und Trug**, S. 29).

Vor der ersten Szene haben die Spieler noch einmal Gelegenheit, z.B. die Ausrüstung (siehe ***Die Abenteurer von Splittermond*** ab S. 26) ihrer Abenteurer in der Stadt zu vervollständigen, wenn ihnen noch etwas fehlen sollte. Handeln Sie das bei Bedarf kurz und knapp ab. Das eigentliche Spiel beginnt dann mit der Übergabe der Pferde auf einem Gestüt etwas außerhalb Zirahyas.

Zirahya

Zirahya, mit 31.000 Einwohnern die zweitgrößte Stadt Ashurmazaans, ist bekannt für die Pferdezucht der Zirahner, die ashurmazaanische Eleganz mit der Robustheit chorrashitischer Steppenpferde verbinden, und die ganze Stadt steht deutlich im Zeichen dieser edlen Tiere: Der **Yelataad** im Zentrum der Stadt ist der größte ganzjährige Pferdemarkt Farukans. Die Stadt ist kilometerweit in jede Richtung von Koppeln und Stallungen umgeben, und die Straßen sind fast überall so breit, dass Reiter einander bequem passieren können. Außerdem zeigt das Wappen der Stadt ein springendes silbernes Streitross auf neunfach geschachtem rotgrünem Feld.

In **Klein-Chorrash**, dem Chorrashiten-Viertel im Norden der Stadt, steht der hufeisenförmige *Tempel des Ehernen Rosses*, der der chorrashitischen Pferdegottheit *Yelat* geweiht ist.

Der berittene Sipahi-Orden der *Wildmähnen* unter dem Befehl der Satrapin *Harshidah Furshaddoh* sorgt für die öffentliche Ordnung in der Stadt und im Umland.

Szene: Übergabe der Herde

> **Kurzbeschreibung:** Die Abenteurer nehmen die Pferde entgegen.
> **Schauplatz:** Gestüt der Familie Harunbeh bei Zirahya
> **Ziel des Spielleiters:** Start des Abenteuers, Vorstellung der Pferde, Übergabe allgemeiner Informationen zur anstehenden Reise
> **Ziel der Abenteurer:** Sammlung nötiger Informationen, möglicherweise Lohnverhandlungen
> **Anschluss:** Von Zirahya nach Pashanis (siehe S. 10)

Das Gestüt des Atosh Harunbeh liegt etwas außerhalb der Stadt. Weitläufige Koppeln und Stallungen künden vom lebendigen Reichtum des Züchters: Friedlich grasen dort die prächtigen Zirahner Rösser, für die die Region so berühmt ist. Nachdem die Abenteurer empfangen wurden und den Grund ihres Hierseins erklärt haben, werden bei einigen Erfrischungen die Bedingungen der Anwerbung besprochen (und gegebenenfalls nachverhandelt). Ist man sich handelseinig, lässt Atosh seine erwachsenen Kinder die zu verkaufenden sieben Pferde aus der Herde aussondern und vorführen.

> *Zum Vorlesen oder Nacherzählen:*
> Sieben Zirahner Rösser werden vor Euch versammelt, alle wohlgestalt und, wie Atosh stolz erklärt, von besonders edlem Blut. Vier Stuten und drei Wallache sind es, die der Züchter unter Verweis auf ihre vielgerühmten Vorfahren alle namentlich vorstellt, als handle es sich um dragoreische Hochadlige am Kaiserhof: den Rappen *Nurdabasaan*, den Fuchsschecken *Urshimgu*, die dunkle *Isphingi* und die vier Schimmel *Sarkaleh*, *Ehazbahal*, *Yeladdad* und *Yeriacha*. „Ich vertraue sie euch an", sagt er feierlich. „Ihr Wohlergehen liegt in eurer Hand. Behandelt sie gut und bringt sie sicher zur Händlerin Sansifreida nach Pashanis. Mögen die guten Götter über euch wachen und Mühsal und Unglück euren Weg verschonen!"

Wenn Atosh der direkte Auftraggeber der Abenteurer ist, gibt er ihnen noch einen schön kalligraphierten **Brief für Sansifreida** mit. Wie er ihnen auch mitteilt, weist er seine Handelspartnerin darin an, der Gruppe bei Erfüllung des Auftrags den mit ihm vereinbarten und hier niedergeschriebenen Lohn auszuzahlen. Er seinerseits würde diese Summe dementsprechend vom zuvor vereinbarten Verkaufspreis der Pferde abziehen, der in Form eines Schuldbriefs bei ihm hinterlegt ist.

Atosh Harunbeh

> **!** Dieses Arrangement ist eines der Details des Handels, die im Finale des Abenteuers dazu beitragen können, Ezgils Maskerade aufzudecken (siehe **Lug und Trug**, S. 29).

�� Atosh kann den Abenteurern den Weg nach Pashanis natürlich genau beschreiben, was sie in die Lage versetzt, die Karte auf den heraustrennbaren Seiten in der Mitte des Heftes zu verinnerlichen. Er geht von etwa **sechs Tagen Reise** aus (bei einer Tagesleistung von etwa 40 Kilometern), vier bis zum nächsten größeren Ort *Raqshal*, zwei weitere von dort nach Pashanis.

�� Atosh warnt die Gruppe außerdem vor der Daeva Ezgil, die ihm Übles will und den Verkauf möglicherweise zu vereiteln versuchen wird. Sollten die Abenteurer daraufhin erwägen, die vorhersehbare Route über die Straße zu meiden und querfeldein nach Pashanis zu reisen, überlässt Atosh das ganz ihnen, ermahnt sie jedoch, schnell zu reisen, da die Pferde seines Wissens **in acht Tagen** mit einem Segler von Pashanis aus nach Dragorea verschifft werden sollen und es seine Ehre und seinen Ruf kosten könnte, wenn die teure Fracht ihre Überfahrt verpassen würde. Ein zu großer Umweg könnte sich also am Ende genauso fatal auswirken wie eine Falle der bösen Fee.

�� Wenn die Abenteurer keine eigenen Reitpferde besitzen, werden die Zirahner für sie gesattelt. Für Gnome oder Zwerge werden besondere Sättel bereitgestellt, die den kleinwüchsigeren Völkern die Reise auf den breiten Pferderücken ermöglichen.

> **Atosh Harunbeh:** Mensch, 54 Jahre alt / ca. 1,80 m groß / zwei Pfauenfedern an der Kappe / dunkle Haare mit grauen Strähnen / Vollbart / sympathisch / großzügig / Pferdezüchter und -händler / Familienoberhaupt (seine Werte finden Sie im Anhang auf S. 34).

Letzte Vorbereitungen

Wenn die Abenteurer angesichts der Erwähnungen einer leibhaftigen, rachsüchtigen Daeva Schutz gegen die Magie des Feenwesens oder allgemein einen Segen für ihre Reise suchen, können sie dafür eventuell den Yelat-Tempel in Zirahya aufsuchen. Der dortige Hohepriester, ein Chorrashit namens der *Ruhige Dhurnush* (Mensch, ca. 60 Jahre alt, drei tätowierte Pfauenfedern über der linken Augenbraue, sonnengegerbte Haut), spricht gegen eine Spende oder das Versprechen eines Dienstes für den Yelat-Kult sehr gern einen glückbringenden Segen über die sieben Zirahner und ihre Begleiter.

> **!** Je nachdem, was für eine Art Segen sich die Abenteurer erbitten, ruft der Priester die Kraft des Windes in die Herzen der Pferde, was für die Dauer des Abenteuers ihre Tagesleistung um 5 Kilometer erhöht, oder er bittet Yelat, die Tiere vor Schaden zu bewahren. In letzterem Fall dürfen Sie für jedes Pferd einmal in diesem Abenteuer bei einer eigentlich misslungenen Probe einen *leicht positiven Umstand* (Bonus in Höhe von 2 Punkten) hinzuzählen, wenn dadurch die Probe gelingt.

Haben die Abenteurer alle nötigen Informationen?
- ❏ Ist der Lohn ausgehandelt?
- ❏ Ist die Reisestrecke klar?
- ❏ Wurden sie vor Ezgil gewarnt?
- ❏ Haben sie den Brief Atoshs an Sansifreida? (Nur, wenn Atosh, nicht Sansifreida, Auftraggeber der Gruppe ist.)

Die Zirahner

Die zu eskortierenden Pferde sind nicht einfach nur eine beliebige Fracht, die passiv von A nach B transportiert wird, sondern sollten für die Gruppe erlebbar lebendig erscheinen. Jedes der

Tiere hat seine Eigenheiten. Diese oftmals kleinen Charakterschwächen machen sie zum einen für Ihre Spieler plastischer und unterscheidbar, zum anderen bieten diese Wesenszüge und Gewohnheiten mögliche Aufhänger für kleinere Spielszenen.

Die Größe der Herde liegt mit sieben Tieren bewusst leicht über der zu erwartenden Gruppengröße – es soll den Abenteurern nicht zu leicht fallen, für jedes Pferd jederzeit einen persönlichen „Leibwächter" abzustellen.

Nurdabasaan

Ein samtschwarzer Wallach. Nurdabasaan ist eine ausgesprochene Schönheit (und er weiß es). Der Rappe ist sehr klug, aber etwas unartig. Er knabbert an Kleidung und Ausrüstung und stibitzt Futter, wenn sich die Gelegenheit ergibt. Gerade in Ruhephasen sollten die Abenteurer daher ein Auge auf ihn haben, damit er keinen Schabernack anrichtet.

Sarkaleh

Diese Stute ist ein Apfelschimmel: Ihr grau-weißes Fell weist vor allem an Schultern, Hüften und Beinen eine dunklere Zeichnung auf. Sarkaleh ist verglichen mit den anderen Zirahnern recht nervös. Sie erschreckt sich vor Tieren, Geräuschen und dem eigenen Schatten, wird schnell unruhig und lässt sich schwerer kontrollieren als die anderen. Atosh ist nicht zufrieden mit ihrer Ausbildung und hat sie bewusst für einen eher niedrigen Preis ins Ausland statt an einen hiesigen Sipahi-Reiterorden verkauft, um den Ruf seiner Zucht nicht zu gefährden.

Urshimgu

Der Wallach Urshimgu ist ein Fuchsschecke mit rotbraunem Fell, weißen Beinen und breiter Blesse. Er ist eitel und will verhätschelt werden. Urshimgu verlangt recht nachdrücklich regelmäßige Aufmerksamkeit in Form kleiner Leckerbissen, sanfter Worte oder regelmäßiger Streicheleinheiten, sonst wird er unleidig.

Yeriacha

Die Stute Yeriacha ist ein Fliegenschimmel: Ihr weißes Fell ist mit unzähligen kleinen schwarzen Punkten bedeckt. Sie ist stolz und unerschrocken, wie es sich für ein Streitross geziemt, aber auch stur. Wenn sie nicht gerade ins Gefecht geritten wird und sich auf langen Ritten langweilt, bockt sie zuweilen.

Beim Aufsatteln pumpt sich die Stute gern mit Atemluft auf, während der Sattelgurt festgezurrt wird. Bemerkt ihr Reiter das nicht, wird beim späteren Ausatmen der Sitz des Sattels locker, und die nächsten *Tierführung*-Proben beim Reiten erhalten einen *leicht negativen Umstand* (Malus in Höhe von 2 Punkten), bis der Gurt nachgezogen wird. Um die Stute beim Aufpumpen zu ertappen, ist eine *Wahrnehmung*-Probe gegen 20 nötig. Nachdem man diese schlechte Angewohnheit einmal erkannt hat, sinkt die Schwierigkeit auf 15.

Ehazbahal

Der Wallach Ehazbahal ist ein reinweißer Schimmel. Etwas träge, trödelt dieser Zirahner gern, wenn er schmackhaftes Futter am Wegesrand findet, und muss von Zeit zu Zeit wieder angetrieben werden. Dafür ist er ansonsten sehr genügsam und unkompliziert zu halten.

Yeladdad

Diese überwiegend weiße Stute fällt durch ihre markante dunkle Gesichtszeichnung auf, die sie maskiert erscheinen lässt. Sie ist sehr aufmerksam und fungiert so geradezu als zusätzliche Nachtwache, allerdings ist sie auch eigenwillig und verlangt einen fähigen Reiter. Yeladdad verzeiht keine Fehler im Umgang und führt falsche oder unsichere Kommandos gar nicht oder aber mit der akribischen Bosheit eines Ifriten aus. Proben auf *Tierführung* sind bei ihr durchgehend um 1 Punkt erschwert. Bei Bedrohungen kann sie hingegen zusätzlich zu den Abenteurern eine *Wahrnehmung*-Probe ablegen und die Gruppe gegebenenfalls durch Wiehern und Stampfen warnen.

Isphingi

Die dunkelbraune, mit tiefschwarzem Mähnen- und Schweifhaar geschmückte Stute Isphingi ist ein wahres Energiebündel. Sie ist temperamentvoll, freiheitsliebend, schnell, aber in ihrem Ungestüm leider auch verletzungsanfällig. Isphingi ist tatsächlich etwas ganz Besonderes, denn ihre Blutlinie ließe sich – ohne dass ihr Züchter dies wüsste – auf eine weltliche Erscheinung der Gottheit Yelat vor etlichen Generationen zurückverfolgen.

Zirahner

GK	LP	FO	VTD	SR	KW	GW
7	11	2	18	0	22	14

Angriff	Wert	Schaden	WGS	INI
Körper	7	2W6-2	10	7-1W6

Fertigkeiten: Athletik 20, Entschlossenheit 7, Heimlichkeit 6, Wahrnehmung 6
Meisterschaften: Athletik (II: Hindernisläufer, Muskelprotz)

! Der Segen Yelats

Als Spielleiter können Sie Isphingis göttliches Erbe als Joker einsetzen: *Einmal* im Laufe des Abenteuers kann die Stute durch ungewöhnlich intelligentes Reagieren den Abenteurern wertvolle Hilfe leisten (durch warnendes Wiehern einen Hinterhalt enthüllen, ein durchgegangenes anderes Pferd einholen und zur Gruppe zurücktreiben oder dergleichen).

Eine *Arkane Kunde*-Probe gegen 20 enthüllt aufmerksamen Abenteurern in diesem Fall, dass Isphingi während dieser Aktion von reiner magischer Kraft erfüllt war, die danach rasch abklingt – ein kleiner Funken der Macht der Gottheit Yelat.

Händigen Sie den Abenteurern die sieben Pferdeporträts aus, die sich auf den heraustrennbaren Seiten in der Mitte des Heftes befinden. Jedes Mal, wenn die Abenteurer einen Zirahner verlieren, können Sie ihnen das Porträt des besagten Pferdes wegnehmen und das Geschehen somit auch am Spieltisch plastischer darstellen. Und wenn Ihre Spieler Lust drauf haben, können sie die Pferdeporträts natürlich auch gerne ausmalen ...

Kapitel 2
Von Zirahya nach Pashanis

Der Weg der Abenteurer führt sie entlang der malerischen und teilweise spektakulären Nordwestküste des Shahirats Ashurmazaan. Obwohl die Farukanis Städte und Straßen erbaut haben, wirkt gerade dieser Teil des Landes streckenweise durchaus ursprünglich und mehr von elementaren Naturkräften als von der ordnenden Hand der Sterblichen geformt. Tatsächlich kommen hier immer wieder einmal freie Feenwesen der Naturkräfte vor, allen voran Djinne und Elementarlinge des Windes, des Meeres, der Felsen und der Pflanzen.

Während sich zur See hin steile Felsen mit steinigen Stränden abwechseln, ist das Binnenland von Grassteppen und sanften Hügeln geprägt, die nach und nach in die fruchtbaren Äcker und Weiden des Kulturlands übergehen.

Im Umkreis der Siedlungen werden Shuruni (eine Art walnussgroße Kichererbsen), Salbeikartoffeln (eine regionale Spezialität), Weizen, Baumwolle, Tee, Oliven, Hülsenfrüchte und Nüsse angebaut. Auf den Weiden grasen halbwilde Ziegen, Rinder und Schafe und natürlich die Pferde, für die das Shahirat berühmt ist.

Reisen im nördlichen Ashurmazaan

Der Weg der Abenteurer soll von Zirahya im Nordwesten Ashurmazaans ins weiter südlich gelegene Pashanis führen. Der einfachste und naheliegendste Weg ist, der Handelsstraße *Azmahans Ritt* zu folgen, die nach einem früheren Herrscher Farukans, *Padishah Azmahan*, benannt ist. Die Geschichtenerzähler der Region wissen zu berichten, dass der Padishah diese Straße seinerzeit überhaupt nur bauen ließ, um den sicheren und schnellen Transport der berühmten Pferde von Zirahya nach *Ezteraad*, der Hauptstadt des Shahirats, zu gewährleisten. Von dort aus gelangten sie wiederum als Teil der jährlichen Abgaben an den Hof des Herrschers in *Farukhur*. Was dem Padishah gut genug war, wird sicher auch den Abenteurern nützlich erscheinen. Diesen Weg finden Sie auf der Karte auf den heraustrennbaren Seiten in der Mitte des Heftes verzeichnet.

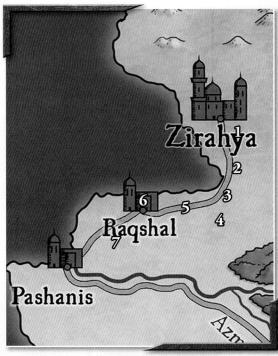

1 Die Flucht der Halmlinge	5 Stolz und Vorurteil
2 Grimmige Dürre	6 Diebe in Raqshal
3 Donner und Blitz	7 Im Schatten stolzer Schwingen
4 Unantastbare Jäger	

! Abseits der Wege?

● Pro Tag können die Abenteurer auf der Straße etwa **40 Kilometer** zurücklegen.

Es mag aber ebenso gut sein, dass die Gruppe sich bewusst querfeldein schlagen möchte, da sie zurecht befürchtet, dass die Daeva Ezgil den offensichtlichen Weg präpariert haben könnte. Die Straße zu meiden, steht den Abenteurern natürlich frei. Auf diese Weise können sie tatsächlich einige Fallen umgehen, haben dafür aber mit anderen Widrigkeiten zu kämpfen. Unter anderem sinkt ihre Tagesleistung auf **30 bis 35 Kilometer** pro Tag, womit sie Gefahr laufen, die Abfahrt des Schiffes zu verpassen, das die Zirahner nach Dragorea bringen soll. Sie können natürlich versuchen, nur bestimmte Etappen abseits der Straße zu reisen, die sie für besonders gefährlich halten. Verfolgen Sie anhand der Karte, wie gut die Gruppe vorankommt und in der Zeit bleibt.

Eine lange Reise?

Die folgenden Szenen sind in chronologischer Reihenfolge wiedergegeben, damit ein reibungsloser Ablauf am Spieltisch gewährleistet ist. Natürlich ist es möglich, dass einige Szenen auch in einem früheren oder späteren Stadium der Reise eintreffen oder gänzlich entfallen können. Diese Szenen werden mit einem Kasten gesondert gekennzeichnet, falls Sie sie doch zeitlich verschieben wollen. Außerdem wird vermerkt, ob eine Szene auf oder abseits der Straße stattfinden kann. Bedenken Sie aber bitte, dass sich damit die Angabe **Anschluss** in den Übersichtskästen der einzelnen Szenen ebenfalls verändert.

- Die Flucht der Halmlinge (siehe S. 11)
- Grimmige Dürre (siehe S. 14)
- Donner und Blitz (siehe S. 16)
- Unantastbare Jäger (siehe S. 19)
- Stolz und Vorurteil (siehe S. 21)
- Diebe in Raqshal (siehe S. 23)
- Im Schatten stolzer Schwingen (siehe S. 26)

Das Wetter zu Beginn der Reise ist sonnig und beinahe drückend warm. Schnell geraten Tiere und Reiter in Schweiß, und jeder kleine Bach lädt zum Verschnaufen ein.

Szene: Die Flucht der Halmlinge

Kurzbeschreibung: Die Pferde scheuchen beim Grasen einige Feenwesen auf.

Schauplatz: Straße oder Wildnis kurz hinter Zirahya (1)

Ziel des Spielleiters: Lokalkolorit (Elementarwesen) darstellen, eine Herausforderung für die Spieler bieten

Ziel der Abenteurer: Die Herde beisammenhalten

Anschluss: *Grimmige Dürre* (siehe S. 14)

Zum Vorlesen oder Nacherzählen:
Während einer Pause weiden die Zirahner friedlich und sichtlich zufrieden inmitten sanft wogender, hoher Gräser. Das Rupfen und Kauen wird nur von gelegentlichem Schnauben oder einem dumpfen Hufschlag unterbrochen, wenn ein Pferd zwei Schritte weiter vermeintlich grünere, saftigere Halme oder aromatischere Kräuter entdeckt hat.

Plötzlich jedoch mischt sich ein neuer Laut in die friedvollen Klänge: Ein spitzer Aufschrei, fast ein Quieken, gefolgt von eiligem Geraschel. Der gefräßige Wallach Ehazbahal ruckt verdutzt mit dem Kopf hoch, die Stute Sarkaleh wiehert und steigt erschrocken auf die Hinterbeine.

Dann erheben sich weitere Stimmchen aus dem Gras, und unter piepsigem Schimpfen und Schnattern kommt Bewegung in die Steppe, als würden Windstöße aus gleich mehreren Richtungen durch die langen Halme und Ähren fegen. Aber in der Mittagshitze regt sich nicht das kleinste Lüftchen. Und die Pferde geraten in Panik!

Die Pferde haben beim Weiden eine große Gruppe (4W10+10) Halmlinge aufgescheucht. Halmlinge sind scheue Naturfeen in Gestalt kleiner Grashalme, die meist unbemerkt durch die hiesigen Steppen wandern.

Halmling

GK	LP	FO	VTD	SR	KW	GW
1	1	4	21	0	14	14

Fertigkeiten: Athletik 1, Entschlossenheit 3, Heimlichkeit 8, Wahrnehmung 5
Meisterschaften: –
Besonderheiten: Halmlinge müssen jedes Mal, wenn sie eine *Gesundheitsstufe* verlieren, eine *Entschlossenheit*-Probe gegen 15 ablegen, bei deren Misslingen sie fliehen. Halmlinge fliehen vor fremden Wesen und wechseln nur von Flucht zu Gegenwehr, wenn sie gejagt oder angegriffen werden: Je 10 Halmlinge verschmelzen ihre Magie und verzaubern gemeinsam die tatsächlichen Gräser und Sträucher der direkten Umgebung, so dass diese nach den Füßen ihrer Angreifer greifen und sie verlangsamen oder zu Fall bringen (siehe den Zauber *Ranken* in **Die Regeln von Splittermond**, S. 56). Dies dauert genauso lange wie es benötigen würde, den Zauber zu wirken, benötigt keine Probe und kostet jeden beteiligen Halmling 1 *erschöpften* Fokus.

Die gute Tarnung der Halmlinge wurde ihnen nun beinahe zum Verhängnis, und sie treten eilig und in einer fremden Feensprache zeternd die Flucht vor den Zirahnern an. Diese sind völlig verdattert: Fliehendes und schimpfendes Gras ist ihnen noch nicht untergekommen und zutiefst suspekt – was sie ihrerseits zur Flucht treibt!

⚅ Mit einer Probe auf *Naturkunde* oder *Arkane Kunde* gegen 15 können die Feenwesen als das identifiziert werden, was sie sind.

Um die Pferde sofort zu beruhigen, ist für jedes Tier eine gelungene *Tierführung*-Probe gegen ihren *Geistigen Widerstand* (14) nötig. Bei Misslingen geht das betroffene Pferd durch und ergreift die Flucht, wobei mehrere fliehende Tiere glücklicherweise die gleiche Richtung einschlagen. Bei einem kritischen Fehlschlag kann es sogar sein, dass das durchgehende Pferd den Abenteurer, der ihm am nächsten ist, durch Abwerfen oder Auskeilen verletzt (für Angriffs- und allgemeine Werte der Zirahner siehe S. 9).

> **!** Dieser Probenmechanismus zum Einfangen geflohener Pferde kann in ähnlichen Situationen in diesem Abenteuer entsprechend übernommen werden.

Sind nach dieser Szene alle Pferde noch Teil der Herde?

- ❑ Nurdabasaan
- ❑ Sarkaleh
- ❑ Urshimgu
- ❑ Yeriacha
- ❑ Ehazbahal
- ❑ Yeladdad
- ❑ Isphingi

Pferd entlaufen!

Die Abenteurer müssen eventuell geflohene Zirahner wieder einfangen, was natürlich deutlich einfacher ist, wenn sie selbst beritten sind: Für die sofortige Verfolgung der Tiere sind in diesem Fall *vergleichende erweiterte Athletik*-Proben fällig. Reiten die Abenteurer auf anderen Pferden als Zirahnern, können sie sich für diese Pferde auch an den Werten der Zirahner orientieren (siehe S. 9):

🎲 Verlieren die Verfolger einen Vergleich, fallen sie hinter den Zirahnern zurück. Gewinnt einer der Abenteurer insgesamt im Probenvergleich die Führung, können die Tiere eingeholt und mit einer erneuten *Tierführung*-Probe gegen 14 gestoppt werden.

🎲 Ein kritischer Fehlschlag auf egal welcher Seite führt zu einem Sturz, dem Ausscheiden aus der Verfolgungsjagd und einer Verletzung des betreffenden Tiers und gegebenenfalls des Reiters (je 1W6 Punkte Schaden).

🎲 Nach spätestens 8 Proben beenden die Zirahner ihre Flucht von selbst. Sollten die Abenteurer bis dahin weit zurückgefallen sein, können sie nun langsam aufschließen und die Tiere schließlich mit einer erneuten *Tierführung*-Probe gegen 14 wieder zusammentreiben.

🎲 Zu Fuß können die Abenteurer die Zirahner auf keinen Fall direkt einholen, sondern nur versuchen, sie nicht aus den Augen zu verlieren und möglichst schnell zu ihnen aufzuschließen, nachdem sie von selbst aufgehört haben, davonzulaufen.

Szene: Grimmige Dürre

> **Kurzbeschreibung:** Ein erboster Wasserdjinn hält die Reisegruppe vom Trinken an „seinem" Bachlauf ab.
> **Schauplatz:** Zwischen Zirahya und Raqshal, Straße oder querfeldein (2)
> **Ziel des Spielleiters:** Lokalkolorit darstellen (Elementarismus), eine vor allem diplomatische und augenzwinkernde Herausforderung bieten
> **Ziel der Abenteurer:** Trinkwasser für sich und die Pferde erhalten
> **Anschluss:** *Donner und Blitz* (siehe S. 16)

🗨 *Zum Vorlesen oder Nacherzählen:*
Vor euch kreuzt ein Bach den Weg und verspricht leise murmelnd Erfrischung. Eine kleine, breite Brücke überspannt das Gewässer, doch die Pferde haben angesichts der Hitze und des unablässig aufwirbelnden Straßenstaubs nur das Wasser im Sinn. Schon auf mehrere Dutzend Meter Entfernung ziehen die Zirahner, Ehazbahal und Isphingi vor allem, spürbar das Tempo an, und halten sich am Rand der Straße, um an der Brücke vorbei das kühle Nass zu erreichen.

Dort angekommen, bleibt die erhoffte Erfrischung jedoch aus: Wann immer die Pferde den Kopf zum Trinken neigen, weicht es zurück, und kein Tropfen verlässt den Bachlauf. Verwirrt und ängstlich zucken die Zirahner zurück und stampfen unschlüssig mit den Hufen.

"Nein, nein, ein für alle Mal nein!" zetert da auf einmal eine aufgebrachte Stimme, als sich inmitten des Baches eine durchscheinende Gestalt aus dem Wasser erhebt. "Genug ist genug, zu viel ist zu viel!"

Die stets halb mit dem Bach verschmolzene Gestalt im Wasser ist *Ahrsravun*, ein Wasserdjinn, der das Gewässer als sein Refugium betrachtet. Er ist von der als menschliche Reisende verkleideten Ezgil aufgehetzt worden und verweigert der Gruppe „sein" Wasser, da er sich nach den magisch unterstützten Einflüsterungen der Daeva von den Sterblichen übervorteilt und ausgenutzt fühlt. Andernorts, so riet ihm die Fee, würde seinesgleichen mit Opfergaben und Geschenken geehrt, wenn man sich zu nähren wünschte, und um diesen Dank sei er nun schon seit Jahrhunderten geprellt worden.

Feen halten viel von Vereinbarungen, Pakten und Handeln, sie sind Teil ihrer magischen Natur. Ahrsravun ist entschlossen, allen Reisenden das Trinkwasser zu verweigern, bis das vermeintliche Unrecht gesühnt ist, und zwar, wie er mit einigem Stolz die von seiner Ratgeberin gelernten Worte wiederholt, „mit Zins und Zinseszins" für etliche Generationen von Sterblichen!

🜁 Die Abenteurer werden Wasserschläuche oder Trinkflaschen für den eigenen Bedarf mit sich führen, die Pferde aber benötigen dringend mehr als nur einen kleinen Schluck daraus, wenn sie die Weiterreise in der Sommerhitze gesund überstehen sollen. Dementsprechend lassen sie sich auch kaum vom Bach fortführen und versuchen immer wieder erfolglos und zunehmend panisch, daraus zu trinken.

🜁 Die Abenteurer können versuchen, Ahrsravun gnädig zu stimmen, oder sich Zugang zum Wasser gewaltsam erzwingen.

🜁 Ziehen sie hingegen unverrichteter Dinge ab, wirkt sich der Wassermangel negativ auf Reisegeschwindigkeit und Wohlergehen der Tiere aus: Die Gruppe verliert durch Wassersuche und/oder Erschöpfung einen halben Reisetag, Proben auf *Tierführung* erhalten bis zur nächsten ausgiebigen Tränke (in Raqshal oder nach dem schweren Gewitter in der Szene **Donner und Blitz**, S. 16) einen *leicht negativen Umstand* (Malus in Höhe von 2 Punkten), und wenn auf etwaige Verletzungsrisiken bei den erschöpften Pferden geprobt wird, dann stets per Risikowurf.

Wässrige Verhandlungen

Die Splitterträger müssen keine Hellseher sein, um Ezgils Einfluss hinter der Blockade zu vermuten. Wird der Wasserdjinn mit einer Probe auf *Diplomatie* oder *Redegewandtheit* gegen seinen *Geistigen Widerstand* (25) erfolgreich in ein Gespräch über die Hintergründe seines Zorns verwickelt, lässt sich das recht bald bestätigen: Tatsächlich ist Ahrsravun vor gerade einmal einem Tag von einer vermeintlichen Sterblichen (in Wahrheit der verkleideten Daeva) besucht worden, die sich überrascht zeigte, hier ohne teure Gegenleistung trinken zu dürfen. Als er ihr eröffnet habe, dies sei nie anders gewesen, berichtete sie ihm von den vermeintlichen Bräuchen der Sterblichen und war offenbar erschüttert über die Missachtung, die der Djinn nun schon so lange erführe. Damit, so spuckt Ahrsravun den Abenteurern entgegen, sei nun Schluss! Mit einer gelungenen *Arkane Kunde*-Probe gegen 18 lässt sich ein subtiler Zauber erspüren, der offenbar die Gefühle des Djinns verstärkt, so dass er in seinem Groll bis zum Äußersten geht. Ezgil hat das Wasserwesen mit Worten und Zauberei gleichermaßen aufgewiegelt.

Eine friedliche Einigung

Hier schlägt die Stunde der Diplomaten. Ahrsravun kann durchaus besänftigt werden, denn sein Groll wurde ihm erst von außen eingegeben und hat keine besonders tiefen Wurzeln.

Die Abenteurer können mit ihm einen vernünftigen Preis verhandeln, der ihnen eine erfrischende Rast erkauft. Hierzu ist neben entsprechenden Angeboten (als Richtwert Opfergaben von etwa 1 Lunar Gegenwert pro trinkendem Wesen) eine *vergleichende Probe* auf *Diplomatie* notwendig. Gewinnt Ahrsravun den Vergleich, erhöht sich seine Forderung um die Hälfte, im umgekehrten Fall gibt er sich mit dem Angebot der Abenteurer zufrieden.

In diplomatischer Mission

Die Abenteurer könnten sich auch darauf berufen, dass nur die Autoritäten des Shahirats über das generelle Recht oder Unrecht in dieser Sache mit Ahrsravun verhandeln können, nicht sie als einzelne Reisende. Sie können ihm anstelle eines materiellen Opfers anbieten, eine „offizielle" Verhandlung über seine Rechte in die Wege zu leiten, sich für die weite Reise etwa zum Shahir aber erst stärken müssten. Dieses Argument verfängt bei einer gelungenen *Diplomatie*-Probe gegen 25. Ahrsravun gewährt ihnen dann sogar besonders reines Trinkwasser (die Regeneration in der nächsten *Ruhephase* erhält einen Bonus von 1), wenn sie versprechen, sein Anliegen alsbald dem nächstgelegenen Würdenträger ihrer Völker zu Gehör zu bringen. Die Abenteurer tun gut daran, ihr Versprechen zu halten, denn sie gehen damit einen magischen Feenpakt ein, dessen Bruch dem Djinn zahlreiche Möglichkeiten zur Rache eröffnen würde (siehe **Belohnungen** auf S. 33).

! Alternativ zur bloßen Weitergabe seines Falles könnten die Abenteurer auch anbieten, Ahrsravun selbst zu diesen Autoritäten mitzunehmen: Der Djinn kann in einem großen Kessel, Krug oder ähnlichem Gefäß als Passagier transportiert werden. In diesem Fall wird er natürlich umso mehr zur Eile drängen und den anstehenden Pferdehandel als unnötige Verzögerung ansehen. Er muss täglich mit einer *Diplomatie*-Probe gegen 25 bei Laune gehalten werden, sonst kehrt er zu seiner erpresserischen Beeinflussung des Trinkwassers zurück.

Als ungeahnter Nebeneffekt kann der mitreisende Djinn der Gruppe bei der Entlarvung Ezgils in Pashanis helfen, wenn sie ihn in der Szene **Lug und Trug** (S. 29) noch bei sich haben: Ahrsravun erkennt die Aura der Frau, die ihn aufgehetzt hat, auch in deren Verkleidung als Sansifreida Cantaris wieder, und kann sie so verraten.

Kampf

Solange Ahrsravun die Abenteurer durch die magische Kontrolle des Baches am Trinken zu hindern versucht, befindet er sich auch in der Reichweite ihrer eigenen Waffen und Zauber. Wenn sie ihn angreifen sollten, um seinen Zauber zu brechen, leistet er zunächst tapfer Widerstand, gibt sich aber geschlagen, bevor er ganz vernichtet wird – er ist nicht gerade ein mächtiger Vertreter seiner Art. Fallen seine Lebenspunkte auf die Gesundheitsstufe *Schwer verletzt*, taucht er in den Bach ab, verschmilzt ganz mit dessen Wasser und lässt die Abenteurer gewähren. Er sieht sich dann aber darin bestätigt, dass die Sterblichen ihn nicht achten und wird sich künftig zu einer Art Wegelagerer entwickeln, der Reisenden an seinen Ufern übel zusetzt.

Ahrsravun

GK	LP	FO	VTD	SR	KW	GW
5	7	28	26	1	28	25

Angriff	Wert	Schaden	WGS	INI
Körper	17	1W6+4	7 Ticks	4-1W6

Fertigkeiten: Athletik 14, Diplomatie 11, Entschlossenheit 13, Heimlichkeit 15, Wahrnehmung 16, Wassermagie 17
Zauber: Wasser I: Wasserstrahl; II: Wasserherrschaft; III: Wasserschwall
Meisterschaften: Wassermagie (I: Eisherz; II: Wassermeisterschaft)
Besonderheiten: Die Zauber und Meisterschaften des Wasserdjinns entsprechen eins zu eins den entsprechenden Zaubern und Meisterschaften der *Feuermagie* (***Die Regeln von Splittermond,*** S. 43) – lediglich das Element ändert sich. Der Wasserdjinn erleidet doppelten Schaden durch *Feuerschaden*.

Szene: Donner und Blitz

Kurzbeschreibung: Ein nächtliches Gewitter bricht auf offenem Feld über die Gruppe herein.
Schauplatz: Nachtlager auf freier Strecke zwischen Zirahya und Raqshal (3)

Ziel des Spielleiters: Die Wachmaßnahmen der Abenteurer in der Nacht testen
Ziel der Abenteurer: Die Herde beisammenhalten
Anschluss: *Unantastbare Jäger* (siehe S. 19)

> **?** Diese Szene kann sich sowohl auf der Straße als auch querfeldein ereignen. Sie kann im Abenteuer chronologisch beliebig versetzt werden und bei Zeitmangel auch entfallen.

Gute Vorbereitung ist alles

Eine gelungene *Überleben*-Probe gegen 20 kündigt bereits am späten Nachmittag das rasche Aufziehen eines heftigen Gewitters an, so dass die Abenteurer noch versuchen können, ein auf der Karte verzeichnetes Gasthaus zu erreichen oder einen Lagerplatz auf freiem Feld möglichst wetterfest herzurichten.

🜏 Für letzteres ist eine weitere Probe auf *Überleben* gegen 20 nötig, die bei Gelingen der ersten Probe einen *leicht positiven Umstand* (Bonus in Höhe von 2 Punkten) erhält.

🜏 Misslingt die zweite Probe, haben es die Abenteurer schwer. Sie erhalten für die Dauer des nächtlichen Unwetters auf alle nach Maßgabe des Spielleiters betroffenen Proben einen *fast unmöglichen Umstand* (Malus in Höhe von

> **!** Das nächtliche Gewitter gehört zu den möglichen Unannehmlichkeiten dieser Reise, die besonders zum Tragen kommen, wenn die Gruppe unter freiem Himmel übernachten muss. Kehren die Abenteurer jedoch in einem Gasthaus mit sicherem Stall ein, sind die Tiere bei Gewitter zwar unruhig, aber grundsätzlich deutlich mehr unter Kontrolle. Bei einer solchen Übernachtung können Sie anstelle der hier beschriebenen Szene schildern, wie die beiden Stuten Sarkaleh und Isphingi während des nächtlichen Gewitters an die Wände des Stalls auskeilen und der Gruppe insgesamt eine sehr unruhige Nacht bescheren. Eine Flucht- oder Verletzungsgefahr wie hier beschrieben besteht in diesem Fall jedoch nicht.

6 Punkten). Ist die Probe zum wetterfesten Aufbau des Lagers gelungen, kann dieser Malus nach Maßgabe des Spielleiters durch einen *leicht* oder sogar *stark positiven Umstand* (Bonus in Höhe von 2 bzw. 4 Punkten) ersetzt werden.

Zum Vorlesen oder Nacherzählen:
Als die Nacht sich anschickt, ihren schwarzen Mantel über den Himmel zu breiten, findet sie diesen bereits von dunklen, regenschweren Wolken bedeckt, in deren Unergründlichkeit Götter oder Feen Krieg zu führen scheinen. Wetterleuchten und Donnergrollen künden von diesen Schlachten, und wie verwundet öffnet der Himmel über euch seine Schleusen. Regen prasselt heftig auf euch nieder, als nahebei mit lautem Krachen ein greller Blitz in einen Baum fährt und ihn spaltet. Ein schrilles Wiehern antwortet dem Donnerschlag.

Entfesselt

Die Herde ist insgesamt durch das Wetter unruhig, drängt sich zusammen und zeigt durch Stampfen und zuckende Ohren deutliche Anzeichen von Nervosität. Während bei den fünf anderen Tieren jedoch die gute Ausbildung anschlägt und die Angst niederkämpft, fallen zwei der Zirahner aus dem Rahmen: In Isphingi erwacht das göttliche Erbe der Windgottheit Yelat (siehe S. 9) und drängt die Stute zum wilden Tanz mit dem Sturm, wohingegen die schreckhafte Sarkaleh beim Einschlag des Blitzes mit rollenden Augen in schiere Panik verfällt.

🜚 Sollten sie angepflockt oder auf ähnliche Weise gesichert sein, versuchen beide Tiere nach Kräften, sich gegen ihre Beschränkungen aufzulehnen, und laufen Gefahr, sich zu verletzen.

🜚 Würfeln Sie für beide Tiere auf *Athletik* gegen 20 (je nach Sicherungsmaßnahmen der Abenteurer gegebenenfalls zusätzlich erschwert), um zu überprüfen, ob sie sich befreien können. Kritische Fehlschläge bedeuten jeweils, dass die betreffende Stute sich verletzt (2W6 Schaden).

🜚 Können sie nicht durch eine *Tierführung*-Probe gegen 14 beruhigt werden, versuchen die Tiere verbissen weiter, sich zu befreien. Durch die göttliche Inspiration (Isphingi) beziehungsweise den Schrecken des Blitzeinschlags (Sarkaleh) gilt hierfür ein zusätzlicher *fast unmöglicher Umstand* (Malus in Höhe von 6 Punkten). Erst nach jeweils 6 erfolglosen Proben geben die Tiere erschöpft und zitternd von selbst auf.

Verfolgungsjagd

Sind sie hingegen frei, galoppieren die Stuten in die Nacht hinaus: Sarkaleh flieht blindlings auf geradem Wege von dem gespaltenen Baum fort. Isphingi hingegen jagt aus purer Lust am Laufen in weiten Bögen kreuz und quer durch die Nacht und liefert sich mit etwaigen Verfolgern ein geradezu schelmisches Katz-und-Maus-Spiel. Immer wieder lässt sie ihre Häscher zunächst herankommen, um dann erneut auszureißen und ihre Freiheit zu genießen.

Um ausgerissene Pferde einzuholen, gelten die gleichen Regeln wie im Abschnitt **Pferd entlaufen!** auf S. 13 beschrieben.

Sind nach dieser Szene alle Pferde noch Teil der Herde?

❏ Nurdabasaan
❏ Sarkaleh
❏ Urshimgu
❏ Yeriacha
❏ Ehazbahal
❏ Yeladdad
❏ Isphingi

Reisen im nördlichen Ashurmazaan

Der Weg führt von Zirahya im Nordwesten Ashurmazaans ins weiter südlich gelegene Pashanis. Der einfachste und naheliegendste Weg ist, der Handelsstraße *Azmahans Ritt* zu folgen, die nach einem früheren Herrscher Farukans, *Padishah Azmahan*, benannt ist. Die Geschichtenerzähler der Region wissen zu berichten, dass der Padishah diese Straße seinerzeit überhaupt nur bauen ließ, um den sicheren und schnellen Transport der berühmten Pferde von Zirahya nach *Ezteraad*, der Hauptstadt des Shahirats, zu gewährleisten. Pro Tag kann auf der Straße etwa **40 Kilometer** zurückgelegt werden. Wer die Straße meidet und sich querfeldein schlägt, hat mit natürlichen Widrigkeiten zu kämpfen. Unter anderem sinkt die Tagesleistung auf **30 bis 35 Kilometer** pro Tag.

Atosh Harunbeh

Sansifreida Cantaris

I

Eferreth Yereshdoh | Asfahani

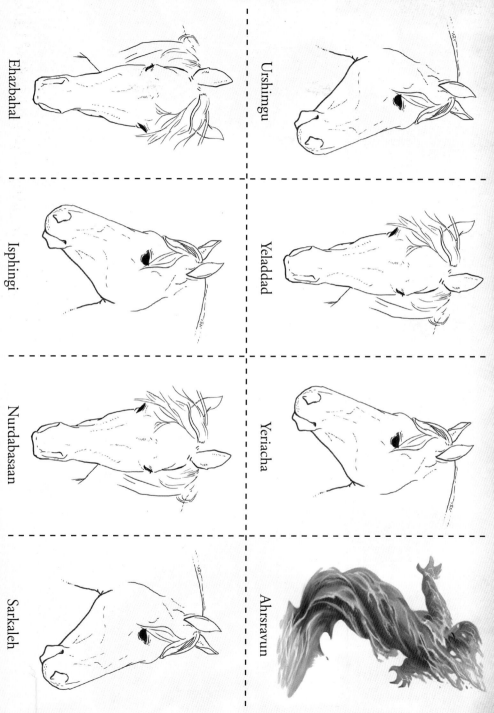

III

Fuchsschecke
rotbraunes Fell,
weiße Beine,
breite Blesse

eitel

will verhätschelt
werden

reinweißer Schimmel

trödelt gern

sehr genügsam

weiße Stute
mit dunkler
Gesichtszeichnung

sehr aufmerksam

eigenwillig

dunkelbraune Stute
mit tiefschwarzem
Mähnen- und
Schweifhaar

temperamentvoll

freiheitsliebend

Fliegenschimmel

weißes Fell mit
schwarzen Punkten

Streitross

stolz, unerschrocken
und stur

samtschwarzer
Wallach

sehr klug und
etwas unartig

knabbert an
Kleidung und
stibitzt Futter

Ezgil

Apfelschimmel

grau-weißes Fell

sehr schreckhaft

Szene: Unantastbare Jäger

Kurzbeschreibung: Zwei weiße Löwinnen versuchen aus dem Hinterhalt, eines der Pferde zu reißen.
Schauplatz: Straße oder Wildnis kurz vor Raqshal (4), während der Reise oder während einer Rast
Ziel des Spielleiters: Eine kämpferische Bedrohung darstellen, die idealerweise ohne Blutvergießen gelöst wird
Ziel der Abenteurer: Die Pferde vor den Löwinnen beschützen
Anschluss: *Stolz und Vorurteil* (siehe S. 21)

Zum Vorlesen oder Nacherzählen:
Das schrille, warnende Wiehern der Stute Yeladdad reißt euch aus euren Gedanken, als sich auf einem freistehenden Felsen plötzlich die majestätische Gestalt einer schneeweißen Löwin zeigt und zum Sprung duckt. Das hohe Gras auf eurer gegenüberliegenden Seite teilt sich verräterisch: noch eine Jägerin?

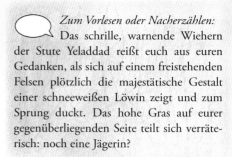

Die seltenen *weißen Löwen*, die Wappentiere Ashurmazaans, kommen nur im und um den *Shadishah* vor, dem großen Wald östlich von Pashanis. Die Jagd auf die sehr verehrten Tiere ist bei Androhung der Todesstrafe untersagt, nur umgekehrt hat ihnen leider bisher niemand wirksam die Hatz auf Rassepferde verboten... Zwei Löwinnen haben sich auf der Suche nach Beute hinaus zur Straße oder in die Steppe gewagt und versuchen, eines der Pferde aus der Herde zu lösen und zu reißen.

Recht und Gesetz

Eine Probe auf *Geschichte und Mythen* oder *Naturkunde* gegen 20 kann im Zweifelsfall (wenn die Abenteurer keine Einheimischen sind), festlegen, ob sie vom Verbot, die Wappentiere des Shahirats zu töten, wissen. Sollten sie die weißen Löwen in Notwehr erschlagen und dabei entweder gesehen werden oder später mit entsprechenden Trophäen, namentlich dem schönen weißen Fell, ertappt werden, können sie deshalb Probleme mit den Sipahi (siehe **Stolz und Vorurteil**, S. 21) bekommen.

19

Kampf ohne Blutvergießen

Die Löwinnen sind es nicht gewohnt, vor Menschen Angst zu haben, da sie nicht bejagt werden. Sie greifen ohne Rücksicht entweder gemeinsam eines oder insgesamt zwei Pferde ohne Reiter am Rand der Herde an.

Versuchen die Abenteurer eingedenk der hiesigen Gesetze, die Löwinnen nur zu vertreiben statt zu erschlagen, haben sie dazu letztlich zwei Möglichkeiten:

🝔 Vertreiben durch Lärm und drohendes Auftreten. Hierzu muss den Abenteurern pro Löwin eine *Tierführung*-Probe gegen 19 gelingen.

🝔 Verstörende Zauberei. Als Tiere lassen sich die Löwinnen durch spektakuläre Zauberwirkungen beeindrucken. Belohnen Sie kreative Ideen Ihrer Spieler, was das angeht.

Der Nachteil beider Methoden: Zusätzlich zum Angriff der Löwinnen wirken diese Maßnahmen natürlich auch wunderbar gegen Pferde, so dass die Abenteurer ihre Zirahner danach ebenfalls schleunigst wieder zusammentreiben müssen, bevor die Löwinnen sich ihrerseits erholen und einen zweiten Versuch bei den verstreuten und ungeschützten Tieren wagen.

Weiße Löwin

GK	LP	FO	VTD	SR	KW	GW
6	10	6	20	0	22	18

Angriff	Wert	Schaden	WGS	INI
Körper	16	2W6+3	7	8-1W6

Fertigkeiten: Athletik 13, Entschlossenheit 8, Heimlichkeit 11, Wahrnehmung 10
Meisterschaften: Handgemenge (I: Umreißen)
Besonderheiten: Weiße Löwinnen kämpfen bis zum Tod.

Sind nach dieser Szene alle Pferde noch Teil der Herde?
❏ Nurdabasaan
❏ Sarkaleh
❏ Urshimgu
❏ Yeriacha
❏ Ehazbahal
❏ Yeladdad
❏ Isphingi

Szene: Stolz und Vorurteil

Kurzbeschreibung: Die Gruppe erregt die Aufmerksamkeit eines Sipahi-Ordens.
Schauplatz: Nahe Raqshal (5)
Ziel des Spielleiters: Eine diplomatische Herausforderung bieten
Ziel der Abenteurer: Ihre Unbescholtenheit erklären und unbehelligt weiterreisen
Anschluss: *Diebe in Raqshal* (siehe S. 23)

? Diese Szene kann sich sowohl auf der Straße als auch querfeldein ereignen. Sie kann bei Zeitmangel entfallen.

Zum Vorlesen oder Nacherzählen:
Gemächlicher Hufschlag ertönt und kündigt eine Schar Reiter an, noch ehe ihr hinter einem Hügel vor euch die ersten Wimpel an blitzenden Lanzenspitzen flattern sehen könnt. Bald darauf ist die herankommende Truppe zu erkennen: Gewiss ein volles Dutzend Krieger und Kriegerinnen in hellen Kaftanen und leichten Rüstungen, etwa die Hälfte von ihnen beritten. Ihre anfängliche Zweierreihe fächert am Fuß des Hügels auf, als die Anführerin ein entsprechendes Befehlszeichen macht.
Das müssen Sipahi sein, Angehörige eines der vielen ashurmazaanischen Kriegerorden, die hierzulande die öffentliche Ordnung aufrechterhalten. Dabei scheinen sie in letzter Zeit auf Widerstand gestoßen zu sein, denn Pferde und Reiter zeigen deutliche Spuren von Kampf und Erschöpfung.

Die Helme der Sipahi sind mit Pfauenfedern, den Ehrenzeichen der freien Farukanis, geschmückt. Auf Brust und Schilden prangt das Feldzeichen eines schwarzen Raubvogels, und während die Truppe anhält, stößt mit hellem Schrei tatsächlich ein dunkel gefiederter Falke aus dem Himmel, um sich auf der behandschuhten Hand der Offizierin niederzulassen. Fast scheint es, als leihe sie ihm wie einem Ratgeber ihr Ohr, während sie euer Näherkommen erwartet.

Die Sipahi vom *Orden der Blutfalken* haben vor zwei Tagen nicht weit von hier einen Kampf gegen eine kleine Gruppe von Nephilim ausgefochten, die begonnen hatten, die umliegenden Dörfer zu terrorisieren. Die riesenhaften Ungeheuer haben unter den Reitern und ihren Pferden ihren Blutzoll gefordert, bevor sie besiegt werden konnten, und daher sind die Blutfalken etwas "gerupft".

Eferreth Yereshdoh, die Anführerin des Ordens, hat ihren magischen Tiervertrauten, den Falken *Azin*, als Kundschafter ausgeschickt und wurde von ihm auf die Abenteurer und ihre kleine Herde Zirahner aufmerksam gemacht. Sie möchte nach dem Rechten schauen und hofft gleichzeitig auf eine Gelegenheit, ihre Verluste nach dem Kampf gegen die Nephilim auszugleichen.

Bezwinger der Löwen?

Der Falke Azin hat die Abenteurer schon vor einiger Zeit erspäht und so gegebenenfalls (Spielleiterentscheid) auch ihre Begegnung mit den weißen Löwinnen (siehe **Unantastbare Jäger**, S. 19) verfolgt. Über das magische Band, das ihn mit seiner Herrin Eferreth verbindet, kann er diese Beobachtungen mit ihr teilen, als wäre sie selbst anwesend gewesen. Je nachdem, wie die Gruppe sich geschlagen hat, verändert das Eferreths Einstellung und Auftreten ihnen gegenüber:

Haben sie sich ehrenhaft gezeigt und das örtliche Gebot, die Löwen nicht zu erlegen, befolgt, wird die Kommandantin der Sipahi sie ihrerseits ehrenvoll behandeln und von gleich zu gleich mit ihnen reden. Für alle passenden Proben Eferreth gegenüber (insbesondere *Diplomatie*) gilt ein *stark positiver Umstand* (Bonus in Höhe von 4 Punkten).

Haben sie die Tiere verletzt oder getötet, legt sie das zu ihrem Nachteil aus und stellt ihre Rechtschaffenheit generell in Frage. Es gilt umgekehrt ein *stark negativer Umstand* (Malus in Höhe von 4 Punkten) auf entsprechende Proben im Umgang mit den Sipahi.

Pferdediebe aus der Fremde?

Konnten die Abenteurer nicht bei einer Begegnung mit den weißen Löwinnen beobachtet werden, sind sie für die Sipahi zunächst einmal nur einige Fremde im Besitz offensichtlich wertvoller Zirahner Rösser, deren Rechtschaffenheit sich erst erweisen muss. Erleichtert wird das, wenn sich unter den Abenteurern Träger mehrerer Pfauenfedern befinden – der farukanische Ehrenkodex ist für die Sipahi bindend.

Verhalten sich die Abenteurer verdächtig oder unehrenhaft in den Augen der Sipahi, werden diese versuchen, die Pferde zu beschlagnahmen. Die Abenteurer können jedoch darauf drängen, zur Bestätigung ihrer Geschichte und Identität nach Zirahya oder Pashanis eskortiert zu werden. Daraus ergeben sich folgende Effekte:

Die Abenteurer bleiben von allen anderen möglichen Begegnungen bis dorthin unbehelligt.

Kehren sie mit den Sipahi nach Zirahya zurück, kann Atosh sie rehabilitieren, die Zirahner verpassen jedoch unweigerlich ihr Schiff und Atoshs Ruf nimmt Schaden. Er lässt die Abenteurer ihren Auftrag dennoch beenden und den Kauf abschließen. Die von Ezgil angeheuerten **Diebe in Raqshal** (siehe S. 23) beobachten noch immer die Stadt, Ezgil selbst hat in Pashanis jedoch die Geduld verloren und ist unverrichteter Dinge von dort abgereist (die Szene **Lug und Trug** auf S. 29 entfällt).

Lassen sich die Abenteurer nach Pashanis bringen, empfängt sie Ezgil wie geplant in Gestalt Sansifreidas (siehe **Lug und Trug** auf S. 29) und versucht, die Zirahner in ihren Besitz zu bekommen. Je nachdem, wie die Abenteurer auf sie reagieren, kann Ezgil versuchen, sie bei den Sipahi als Pferdediebe anzuschwärzen. Umgekehrt können die Sipahi die Abenteurer sehr wirksam bei der Bekämpfung der Fee unterstützen, sollte sie enttarnt werden.

> **Eferreth Yereshdoh:** Mensch, 40 Jahre alt / ca. 1,77 m groß / zwei Pfauenfedern am Turban / dunkle Haare / Kampfnarben im Gesicht / ehrenhaft / stolz, geradlinig / Anführerin des Sipahi-Ordens der Blutfalken (spielrelevante Werte finden Sie im Anhang auf S. 34).

Sind nach dieser Szene alle Pferde noch Teil der Herde?

❏ Nurdabasaan
❏ Sarkaleh
❏ Urshimgu
❏ Yeriacha
❏ Ehazbahal
❏ Yeladdad
❏ Isphingi

Szene: Diebe in Raqshal

Raqshal

Raqshal ist die einzige größere Ortschaft (3.500 Einwohner) zwischen Zirahya und Pashanis, durch die die Abenteurer kommen, wenn sie der Straße *Azmahans Ritt* folgen. Der Ort ist in gewisser Weise spezialisiert darauf, Reisende auf dem Weg zu den beiden bedeutenderen Nachbarorten aufzunehmen und zu versorgen. So gibt es zum Beispiel mehr Brunnen, als für die bloße Versorgung der Einwohner eigentlich nötig wären.

Der Ort hat keinen einer einzigen Gottheit geweihten Tempel, dafür eine Handvoll Schreine, die von durchreisenden Wanderpriestern verschiedener Kulte (wie Tayru, Rahidi, Yelat oder Nurghon) für Opferzeremonien und Predigten genutzt werden.

Durch die regelmäßigen Tribut- und Handelszüge Richtung Hauptstadt ist man auf die Unterbringung auch größerer Pferdeherden eingestellt. Um die Stadt herum haben neben einigen Feldern daher auch (derzeit eher leere) Pferdekoppeln und vorübergehend hauptsächlich von Schafen bestandene Weiden ihren Platz.

Einige kleine Fischerboote für die seeseitige Versorgung des Ortes liegen am nahen Strand. Raqshal hat keine Stadtmauer, lediglich hölzerne Zäune und die eine oder andere dornige Hecke sollen vor allem wilde Tiere fernhalten.

Zur Rocfeder

Wenn die Abenteurer in Raqshal Nachtquartier nehmen, stellen wir hier gewissermaßen archetypisch für alle Unterbringungsmöglichkeiten das Gasthaus *Zur Rocfeder* vor: Das ordentliche und insgesamt recht saubere Haus ist weitaus älter als sein heutiger Name. Es wurde vor einigen Jahren zu Ehren einer hier aufbewahrten Schwungfeder des Rocs Stolzschwinge (siehe **Im Schatten stolzer Schwingen**, S. 26) umbenannt, die dieser seinerzeit im Überflug über Raqshal verloren hat. Die Abenteurer können hier bei Bedarf selbstverständlich die vollumfängliche Geschichte um den Reitvogel des Shahirs in abendfüllend ausgeschmückter Form erzählt bekommen.

🌣 Der Gasthof wird vom männlichen Paar *Sahuq Marabeh* (Mensch, ca. 50 Jahre alt, eine Pfauenfeder am Turban, dick, graue Schläfen, herzlich) und *Yerrefim der Sipahi* (Mensch, ca. 45 jahre alt, zwei Federn am Turban, ehemaliger Sipahi, kampfnarbig, humpelt) sowie ihrer Ziehtochter *Vahisha* (Mensch, ca. 20 Jahre alt, eine Feder am Haarband, unscheinbar, fleißig, trockener Humor) geführt. Die drei teilen sich das Säubern der Kammern, den Schankbetrieb und die Küche, aus der man den Gästen frisches Fladenbrot, in Öl und Kräuter eingelegten Schafskäse sowie einen würzigen Fischeintopf servieren kann.

🌣 Die keshabidischen Stallknechte des Hauses, *Nushafar*, *Nushanab* und *Nushani* (Gnome, 40 Jahre alt, kräftig, für Keshabid hochgewachsen) aus der ortsansässigen *bid-Shahur*-Sippe, sind Drillinge. Sie machen sich hin und wieder einen harmlosen Spaß daraus, Reisende zu verwirren, die noch nicht wissen, dass sie zu dritt im Stall arbeiten.

🌣 Übernachtungen in der *Rocfeder* kosten je nach gewünschtem Komfort pro Person zwischen 10 (Strohsack in der Schankstube oder im Stall) und 30 Telaren (Zimmer „für zwei Varge längs oder fünf Keshabid quer", wie Sahuq fröhlich mitteilt). Die Pferde werden vergleichsweise günstig für je 15 Kupferstücke untergestellt, gefüttert, getränkt und gestriegelt („Unsere Stallburschen sind ehrlich, fleißig und essen nicht viel.").

Kurzbeschreibung: In Raqshal, der bequemsten Rast auf dem Weg, lauern bereits Pferdediebe auf die Gruppe.

Schauplatz: Raqshal (6)

Ziel des Spielleiters: Die Rast der Abenteurer für einen Diebstahlversuch nutzen

Ziel der Abenteurer: Den Diebstahl vereiteln, die Diebe vertreiben oder stellen

Anschluss: *Im Schatten stolzer Schwingen* (siehe S. 26)

Ein freundliches Gesicht

Die Diebin *Asfahani* (Mensch, ca. 25 Jahre alt, eine ziemlich zerrupfte Feder an abgewetzter Kappe, leichter Silberblick, spitzbübisches Lächeln) ist ebenfalls in der *Rocfeder* abgestiegen, um den hiesigen Stall zu beobachten. Sie informiert ihre Kumpane bei Ankunft der Abenteurer mit einem geheimen Signal.

! Die Daeva Ezgil hat unlängst die Bande der jungen Pferdediebin Asfahani in ihre Dienste genommen, um hier auf die Zirahner Atosh Harunbehs zu warten. Die Schurken, dem Anschein nach selbst Reisende auf dem Weg nach Zirahya, beobachten die Mietställe und Karawansereien, um den Abenteurern ihre kostbaren Tiere abzujagen. Asfahani ist eine Pferdediebin, aber keine Mörderin. Sie trachtet den Abenteurern nicht nach dem Leben und wird sich, wenn sie gestellt wird, zwar verteidigen, aber stets eher zu fliehen versuchen oder sich ergeben, als erbittert bis zum Tode zu kämpfen. Das gleiche gilt für ihre Kumpane.

Tollkühn wie sie ist, wird Asfahani sich mit den Abenteurern am Abend direkt vor dem Diebstahlversuch einen Wein schmecken lassen und Geschichten austauschen, wenn diese ihre durchaus angenehme Gesellschaft nicht rigoros ablehnen. Gut möglich andererseits, dass die Abenteurer misstrauisch genug sind, um die junge Farukani, die so interessiert an ihnen ist, bereits zu verdächtigen und ihrerseits im Auge behalten zu wollen.

♖ Tatsächlich wird sich Asfahani am späten Abend hinausschleichen, um am Diebstahl teilzunehmen. Sie ist zu jung und auf ihre kriminelle Art ehrversessen, als dass sie sich ein Alibi verschaffen und abwarten würde, bis ihre Leute den Coup vollendet haben. Als Anführerin muss sie dabei sein und Risiken eingehen, um den Respekt ihrer Bande nicht zu verlieren. Für die Abenteurer jedoch bietet sich so eine Gelegenheit, sie auf frischer Tat zu ertappen.

Diebstahlsversuch

♫ In der Nacht versuchen die gedungenen Diebe (neben Asfahani sind es vier weitere Schurken), einen oder mehrere der Zirahner zu stehlen. Sie verstellen die Tür des Gasthauses von außen mit einem schweren, steinbeladenen Karren, steigen in den Stall ein und versuchen, mit möglichst vielen Tieren zu fliehen.

Pferdedieb, ick hör dir trapsen!

Die Diebe bleiben wahrscheinlich nicht lange unbemerkt. Die gnomischen Stallburschen schlafen zwar tief und fest auf dem Heuboden des Stalls, die Zirahner selbst bemerken die Eindringlinge jedoch. Die ängstliche Sarkaleh und die wachsame Yeladdad werden als erste Tiere unruhig und wiehern laut genug, um die drei Gnome und gegebenenfalls auch aufmerksame Gäste im Haupthaus zu alarmieren (letzteres geschieht bei einer gelungenen Probe auf *Wahrnehmung* gegen 23).

Wer überrascht hier wen?

Wenn die Abenteurer den Abend im Gasthaus genutzt haben, um die Aufsicht über die Zirahner endlich an die Stallburschen abgeben und selbst ein wenig feiern oder ausspannen zu können, haben sie eine schlechte Startposition, um den Diebstahlversuch zu vereiteln. Wenn die Pferde und nach ihnen die gnomischen Bediensteten im Stall Alarm schlagen, müssen die Abenteurer erst dorthin vordringen, was den Dieben einen Vorsprung verschafft. Eine weitere Verzögerung ergibt sich daraus, dass Asfahanis Kumpane die Tür des Gasthauses blockiert haben und die Abenteurer auf die Fenster ausweichen müssen.

Anders sieht es aus, wenn die Abenteurer es selbst vorgezogen haben, bei ihren Schutzbefohlenen im Stall zu nächtigen oder dort zumindest eine Wache aufzustellen. Einen einzelnen Abenteurer versuchen die Pferdediebe zu überwältigen, wenn sie sich jedoch einer ganzen Gruppe gegenübersehen und diese nicht innerhalb kurzer Zeit in die Defensive drängen können, suchen sie selbst ihr Heil in der Flucht und lassen die Zirahner Zirahner sein.

Die Stallburschen beteiligen sich nicht aktiv an einem Kampf, machen aber genügend Krach, um die Nachbarschaft aufzuwecken, was die Diebe zur Eile antreibt. Die Gnome folgen gegebenenfalls auch den Anweisungen der Abenteurer, um zum Beispiel die Stalltüren zu verschließen oder die Pferde aus der Reichweite der Eindringlinge zu führen, während die Abenteurer mit diesen kämpfen.

Haltet den Dieb!

Wenn Asfahanis Coup glückt und ihre Bande mindestens ein Pferd stehlen kann, müssen die Abenteurer sich beeilen, sie zu stellen und ihr ihre Beute wieder abzujagen. Nutzen Sie für eine Verfolgungsjagd den Probenmechanismus aus dem Abschnitt **Pferd entlaufen!** auf S. 13. In diesem Fall bleiben die Fliehenden aber natürlich nicht nach dem Maximum von acht Vergleichsproben stehen. Haben die Abenteurer

es in dieser Zeit nicht geschafft, die gestohlenen Pferde einzuholen, sind die Diebe mit ihnen uneinholbar entkommen. Wurden sie eingeholt, können die Abenteurer die Diebe in einen Kampf zwingen.

Pferdedieb

GK	LP	FO	VTD	SR	KW	GW
5	7	6	18	0	16	16

Angriff	Wert	Schaden	WGS	INI
Säbel	9	1W6+4	8 Ticks	7-1W6

Fertigkeiten: Athletik 7, Entschlossenheit 5, Fingerfertigkeit 10, Heimlichkeit 8, Straßenkunde 9, Tierführung 10, Wahrnehmung 8, Schattenmagie 8
Zauber: Schatten I: Katzenaugen, Schattenmantel
Meisterschaften: Fingerfertigkeit (I: Knotenlöser)
Besonderheiten: Pferdediebe müssen jedes Mal, wenn sie eine *Gesundheitsstufe* verlieren, eine *Entschlossenheit*-Probe gegen 15 ablegen, bei deren Misslingen sie fliehen.

Asfahani: Mensch, 25 Jahre alt / ca. 1,70 m groß / einfache farukanische Kleidung / eine ramponierte Pfauenfeder an der Kappe / leichter „Silberblick" / spitzbübisches Lächeln / Anführerin einer Bande von Pferdedieben (spielrelevante Werte finden Sie im Anhang auf S. 35).

Sind nach dieser Szene alle Pferde noch Teil der Herde?

❏ Nurdabasaan
❏ Sarkaleh
❏ Urshimgu
❏ Yeriacha
❏ Ehazbahal
❏ Yeladdad
❏ Isphingi

Szene: Im Schatten stolzer Schwingen

Kurzbeschreibung: Die Gruppe wird zufällig von Shahir *Daryanush II.* auf seinem Reit-Roc *Stolzschwinge* überflogen, was die Herde möglicherweise in Panik versetzt.
Schauplatz: Straße oder Wildnis zwischen Raqshal und Pashanis (7)
Ziel des Spielleiters: Lokalkolorit darstellen, eine Herausforderung für die Spieler bieten
Ziel der Abenteurer: Die Herde beisammenhalten
Anschluss: *In Pashanis* (siehe S. 29)

? Diese Szene kann sich sowohl auf der Straße als auch querfeldein ereignen. Sie kann bei Zeitmangel entfallen.

Zum Vorlesen oder Nacherzählen:
Es ist ein herrlicher, sonnenklarer Tag und nicht lange her, als ihr an einigen Schäfern und einer großen Schafherde vorbeigekommen seid. Doch Unruhe überkommt die Herde, als plötzlich ein riesiger Schatten auf sie fällt. Ein Blick zum Himmel lässt an den eigenen Augen zweifeln, denn eine gewaltige Silhouette verdeckt für einen Wimpernschlag im Vorbeiziehen die Sonne selbst. Majestätisch, blauschwarz gefiedert, zieht ein Drache, nein, ein riesenhafter Vogel seine Bahn. Als sein heiserer Schrei ertönt, gibt es für die Zirahner kein Halten mehr: Sie bäumen sich auf und versuchen, vor dem riesigen Jäger zu flüchten.

Möchten Ihre Abenteurer herausfinden, womit sie es gerade zu tun haben, stehen ihnen einige Möglichkeiten zur Verfügung.

Haben sie in Raqshal bereits von Shahir Daryanush II. und seinem Reit-Roc erfahren (siehe **Zur Rocfeder**, S. 23) oder befindet sich ein Ashurmazaani unter ihnen, erhalten die Proben jeweils einen *stark positiven Umstand* (Bonus in Höhe von 4 Punkten).

🜚 *Wahrnehmung*-Probe gegen 22: Der Vogel trägt ein mit Gold und Edelsteinen verziertes Geschirr, in dem sich das Sonnenlicht bricht. Als er abdreht, kann man eine menschliche Gestalt auf seinem Rücken erkennen – jemand reitet das riesige Geschöpf!

🜚 *Naturkunde*-Probe gegen 15: Es handelt sich um einen Roc. Diese glücklicherweise insgesamt seltenen Vögel brüten auf den höchsten Berggipfeln in ganz Lorakis. Sie haben jedoch ausgedehnte Jagdreviere und suchen ihre Beute vor allem in den Ebenen, wo es keine Verstecke gibt und ausreichend große Herden leben, um den Hunger der fliegenden Giganten zu stillen. Ein Roc kann eine Flügelspannweite von gut und gerne 30 Metern erreichen.

🜚 *Geschichte und Mythen*-Probe gegen 15: Rocs sind Gegenstand vieler Legenden. Die Keshabid erzählen sich etwa, dass auf ihrem Rücken ganze Städte erbaut seien. Tatsächlich hört man immer wieder, dass man die Vögel reiten könne, wenn man sie von klein auf zähmt.

Ist die Probe sogar gegen 20 gelungen: Der Herrscher von Ashurmazaan besitzt einen solchen Reitvogel.

Schreck, lass nach!

Der Roc greift nicht an. Vielmehr handelt es sich bei den Vorbeiziehenden tatsächlich um *Daryanush II.*, den Shahir von Ashurmazaan, auf einem Ausflug mit seinem zahmen Roc *Stolzschwinge*. Einmal im Monat inspiziert der Herrscher auf diesem Wege sein Reich. Der Reitvogel ist glücklicherweise voll unter der Kontrolle seines Meisters und nicht darauf aus, aus den Zirahnern einen Imbiss zu machen – was die Tiere aber nicht von verständlichen Fluchtreflexen abhält.

🜚 Um die Pferde sofort zu beruhigen, ist für jedes Tier eine gelungene *Tierführung*-Probe gegen 14 nötig, die aufgrund der scheinbaren Bedrohung durch den Riesenvogel einen *stark negativen Umstand* (Malus in Höhe von 4 Punkten) erhält. Bei Misslingen geht das betroffene Pferd durch und ergreift die Flucht, wobei mehrere fliehende Tiere glücklicherweise die gleiche Richtung einschlagen. Bei einem kritischen Fehlschlag kann es sogar sein, dass das durchgehende Pferd den Abenteurer, der ihm am nächsten ist, durch Abwerfen oder Auskeilen verletzt (für Angriffs- und allgemeine Werte der Zirahner siehe S. 9). Um ausgerissene Pferde einzuholen, gelten die gleichen Regeln wie im Abschnitt **Pferd entlaufen!** auf S. 13 beschrieben.

Wer war das?

Der Shahir und sein Reitvogel entfernen sich parallel zur Straße. Ob sie eine weitere Beunruhigung der Pferde unter sich vermeiden wollen oder die Reisegruppe vielleicht gar nicht bemerkt haben, bleibt ungewiss.

Die nächsten Reisenden jedoch, die den Abenteurern auf der Straße entgegen kommen, schwärmen ebenso wie die Bewohner des nächsten Dorfes von dem majestätischen Anblick des „fliegenden Shahirs" und fühlen sich besonders geehrt und gesegnet, in seinem Schatten gewandelt zu sein. Sie teilen mit unwissenden Abenteurern gern die landauf, landab bekannte Geschichte, wie der Onkel des heutigen Herrschers vom Shahir des Chorrash seinerzeit das Roc-Küken geschenkt bekam, das gemeinsam mit Daryanush II. aufwuchs und ihm nun so treu wie ein Streitross dient.

Schadensbegrenzung

Eine *Diplomatie*-Probe gegen 20 bringt die Abenteurer bei Bedarf zu folgender Erkenntnis: Sollte ihnen durch diesen Vorfall ein Schaden entstanden sein, könnten sie im Nachhinein an den Hof des Shahirs reisen und mit einiger Aussicht auf Erfolg eine Entschädigung erbitten. Shahir Daryanush II. ist ein Ehrenmann und wird bei einer klug und glaubwürdig vorgetragenen Klage sicher für Kompensation sorgen lassen. Diese Erkenntnis kann dazu dienen, eventuelle Misserfolge der Abenteurer im weiteren Verlauf der Geschichte zumindest finanziell etwas auszugleichen.

Sind nach dieser Szene alle Pferde noch Teil der Herde?

❏ Nurdabasaan
❏ Sarkaleh
❏ Urshimgu
❏ Yeriacha
❏ Ehazbahal
❏ Yeladdad
❏ Isphingi

Kapitel 3
In Pashanis

In der Hafenstadt gibt es noch ein letztes Hindernis, das Ezgil den Abenteurern in den Weg stellt: sie selbst. Mit einem letzten Akt des Betrugs will sie ihre gestaltwandlerischen Fähigkeiten nutzen, um sich gegenüber der Gruppe als deren Kontaktperson Sansifreida Cantaris auszugeben, die sie zuvor überwältigt und in ihrem Kontor eingesperrt hat. In dieser Maske will sie sowohl die Pferde an sich bringen als auch noch möglichst viel Unfrieden zwischen den Handelsparteien stiften, denn die Verbreitung von Zwist und Missgunst liegt in der Natur dieses Feenwesens (siehe auch S. 36 im **Anhang**).

 Pashanis

Pashanis (10.000 Einwohner) ist die einzige größere Hafenstadt im Gebiet des Shahirats Ashurmazaan, wird von diesem jedoch seit alter Zeit an das Seefahrer-Shahirat Pashtar verpachtet. Aufgrund der strategischen Bedeutung des Ortes untersteht Pashanis dem pashtarischen Shahir höchstselbst, doch residieren hier lediglich wechselnde Satrapen in dessen Namen.

Der Kriegshafen war und ist der Dreh- und Angelpunkt für die farukanische Invasion in Dalmarien und die Versorgung des dort eroberten heutigen Shahirats Shahandir.

Außerdem ist Pashanis ein wichtiger Handelsstützpunkt, von dem aus alle Binnenmeerlande angefahren werden. Unter den ehrbaren Händlern sind stets auch gewiefte Schmuggler zu finden, so dass hier auch dubiose Schwarzmarktgeschäfte, etwa mit verbotenen Rauschmitteln, abgewickelt werden.

Unter Waffenkundigen, Faustkämpfern und Glücksspielern ist die Stadt für ihre Schaukampfgruben bekannt, wo man auf die Kontrahenten wetten oder sogar selbst in den Ring steigen und seinen Mut gegen andere Krieger oder gefährliche Tiere beweisen kann.

Szene: Lug und Trug

Kurzbeschreibung: Die Daeva Ezgil maskiert sich als Kontaktperson der Abenteurer, um ihnen die Pferde abzuluchsen.
Schauplatz: Hafen von Pashanis
Ziel des Spielleiters: Eine detektivische Herausforderung bieten

Ziel der Abenteurer: Den Betrugsversuch durchschauen und die echte Kontaktperson ausfindig machen
Anschluss: *Belohnungen* (siehe S. 33)

Zum Vorlesen oder Nacherzählen:
Kaum habt ihr das Stadttor passiert, kommt euch auf der Straße mit wehendem Gewand eine Frau offenbar dragoreischer Herkunft entgegen. Ihre Kleidung ist die einer wohlhabenden Schreiberin oder Händlerin der westlichen Reiche jenseits der Drei Meere. Ihr dezenter Schmuck ist farukanisch, auch wenn sie im Gegensatz zu den Einheimischen keine Federn trägt. Die langen, unbedeckten Haare der Frau leuchten in hellem Blond, auch ihre Haut ist, wo man sie sehen kann, leicht gerötet, als sei sie die Sonne Pash Anars nicht recht gewohnt.
Eifrig winkt sie euch zu und kommt näher.
„Heda! Sind das wohl die Zirahner Atosh Harunbehs? Ich habe sieben dieser stolzen Tiere bei ihm erworben." spricht sie euch auf Basargnomisch an.

Die Frau gleicht der Beschreibung, die Atosh den Abenteurern gegebenenfalls von seiner Handelspartnerin gegeben hat, und auch der Erinnerung, die sie womöglich selbst von Sansifreida haben, wenn diese ihre Auftraggeberin war, aufs Haar. Doch natürlich ist sie es nicht, sondern die Daeva in magischer Verkleidung.

🗩 Ezgil wird versuchen, den Abenteurern die Zirahner abzuschwatzen, indem sie sie großzügig für ihre Mühen in ein gutes Gasthaus nahe dem Hafen von Pashanis einlädt („Ihr müsst so hungrig und durstig sein! Erzählt mir bei gutem Wein und gutem Essen von eurer Reise hierher, und dann schließen wir unseren Handel ab, ja?"). Die Tiere werden unter diesem Vorwand nicht im Kontor ihres Handelshauses, sondern im Stall des Gasthauses untergebracht, wo sie bis zur Verschiffung bleiben sollen.

🗩 „Sansifreida" / Ezgil macht deutlich, dass sie nunmehr die volle Verantwortung für die Tiere übernimmt und der Auftrag der Abenteurer beendet sei. Es gelte nur noch, ihnen angemessen für ihre Dienste zu danken.

In einem Netz aus Lügen

Es gibt verschiedene Möglichkeiten, wie es von hier aus weitergehen kann. Gehen die Abenteurer aber der falschen Sansifreida auf den Leim, endet das Abenteuer hier mit einem Scheinerfolg (siehe **Belohnungen**, S. 33).

Selektive Amnesie?

Wenn die Abenteurer Sansifreida Cantaris bereits persönlich kennen, kann ihnen recht früh der Verdacht kommen, dass etwas nicht stimmt: Ezgil besitzt nicht die Erinnerungen der Frau, die sie darzustellen versucht, und hatte nicht viel Zeit, sich auf ihre Rolle vorzubereiten.

🜨 Die Illusion ihres Äußeren und der Klang ihrer Stimme sind perfekt, aber guten Beobachtern mögen subtile Unterschiede in der Art sich zu bewegen oder der Redeweise auffallen (Probe auf *Wahrnehmung* gegen 25). Außerdem erkennt Ezgil die Abenteurer als Personen natürlich nicht wieder, sondern schließt überhaupt nur über die edlen Pferde mit dem Brandzeichen der Harunbeh-Familie, wer sie sind und woher sie kommen. An eventuelle frühere Gespräche Sansifreidas mit ihnen kann sie nicht anknüpfen, sie kennt weder ihre Namen noch verbindet sie etwas mit ihnen.

🜨 Wenn die Spieler das Gespräch nicht ohnehin in eine solche Richtung lenken, können sie entsprechende Hinweise nach gelungenen Proben auf *Empathie*, *Redegewandtheit* oder *Diplomatie* gegen 25 einstreuen. „Sansifreida" / Ezgil wird dahingehende Bemerkungen abzuwiegeln versuchen: „Oh, verzeiht mir, wie unhöflich! Ihr müsst verstehen, dieser Handel ist sehr wichtig für mich, und es ist noch so viel vorzubereiten, ehe das Schiff in See sticht. Ich weiß gar nicht recht, wo mir der Kopf steht! Nochmals: Bitte nehmt meine aufrichtigste Entschuldigung an. Und noch etwas Wein."

Zu verständnisvoll?

Wurden Zirahner verletzt, ist die vermeintliche Händlerin überraschend verständnisvoll und entgegenkommend. Sie lässt den Handel nicht platzen und gibt an, die Einzelheiten einer Entschädigung mit Atosh Harunbeh nachzuverhandeln, womit sich die Abenteurer nicht belasten müssten. Tatsächlich will die Daeva die Überbringer der Pferde nur möglichst schnell ohne Streit loswerden, um in ihnen keinen Verdacht aufkommen zu lassen.

Geld?

Ezgil kennt nicht die genaue Abmachung, die Atosh und Sansifreida getroffen haben. Wohl kennt sie den Wert eines Zirahner Pferdes oder den gängigen Lohn von Söldnern und Glücksrittern für ein paar Tage Arbeit und kann sich so viel zusammenreimen. Wenn die Abenteurer gezielt Fragen stellen, kann sie sich jedoch in Widersprüche verwickeln. Sie geht in jedem Fall davon aus, dass die Abenteurer in Atoshs Diensten stehen und von diesem entlohnt würden.

🔷 Fordert die Gruppe von ihr Geld oder überreicht ihr *Atoshs Brief* (siehe S. 6), bringt sie das in Schwierigkeiten, denn sie hat nicht genug Silber bei sich, um die Gruppe auszuzahlen. Schon für die Einladung zum Essen und die Unterbringung der Pferde im Stall hat sie Sansifreidas hiesigen guten Namen missbraucht und anschreiben lassen. Das gleiche wird sie auch gegenüber den Abenteurern versuchen und ihnen einen Schuldbrief über die geforderte Summe (vielleicht sogar mit einem kleinen „Trinkgeld" obendrauf) auf Sansifreidas Namen ausstellen.

🔷 Solche Papiere sind durchaus gängig in Händlerkreisen, es ist jedoch denkbar, dass den Abenteurern als Reisenden schwere Münzen in den Taschen deutlich lieber sind und sie darauf bestehen, in bar ausbezahlt zu werden.

Eigenartige Untergebene?

Ist Ezgil gezwungen, die Abenteurer ins Kontor der echten Sansifreida Cantaris mitzunehmen, um ihnen Geld oder Waren als Lohn auszahlen zu lassen, stellt das ihre Verkleidung auf eine harte Probe: Die dortigen Bediensteten, Schreiber und Gehilfen kennen ihre Herrin besser, als die Daeva sie darstellen kann. *Empathie*-Proben gegen 25 lassen die Abenteurer einen entsprechenden Unwillen erkennen, wenn auch nur das Gespräch in diese Richtung geht. Ist sie dazu gezwungen, geht die Fee jedoch das Risiko ein und setzt alles auf eine Karte.

Nasse Hilfe?

Sind die Abenteurer in Begleitung des Wasserdjinns Ahrsravun (siehe **Grimmige Dürre**, S. 14), kann dieser die Frau zu seiner eigenen Verblüffung mit jener in Verbindung bringen, die ihn an seinem Bach angesprochen habe. Sie sehe ihr zwar nicht ähnlich, habe jedoch die gleiche Aura wie diese.

Sansifreidas Kontor

Ist die verkleidete Daeva gezwungen, die Abenteurer in „ihr" Kontor zu führen, tut sie das in scheinbarer Gelassenheit, achtet von nun an jedoch tunlichst darauf, einen Fluchtweg offen zu haben. Sie vermeidet es, allzu viele Leute im Kontor anzusprechen. Sie kennt sich in den Örtlichkeiten leidlich aus, da sie Sansifreida hier besucht und in einem vermeintlichen Geschäftsgespräch überwältigt und eingesperrt hat. Sie wird daher „ihre" eigene Schreibstube tunlichst nicht mit den Abenteurern zusammen aufsuchen, da die Gefahr besteht, eine dort eingeschlossene, gefesselte und geknebelte Version ihrer selbst erklären zu müssen.

🌀 Sobald sie in Begleitung der Abenteurer einem Angestellten des Kontors begegnet – zum Beispiel der Schreiberin *Tabitah* oder dem Gehilfen *Qashim* –, der selbst über gewisse Befugnisse zu verfügen scheint, wird Ezgil versuchen, die Gruppe mit ihrem Anliegen an diesen abzugeben und sich selbst mit der Ausrede, die Verschiffung der Pferde organisieren zu müssen, absetzen.

Schafft sie das, ohne den Argwohn der Abenteurer zu erregen, gelingt ihr mitsamt den Zirahnern die Flucht. Die Abenteurer bekommen ihren versprochenen Lohn von dem ahnungslosen Angestellten ausgezahlt. Die echte, überaus ungehaltene und um ihre Pferde betrogene Sansifreida wird einige Stunden später mehr oder weniger zufällig entdeckt, was die Abenteurer vielleicht schon nicht mehr erfahren (weiter im Abschnitt **Belohnungen**).

Abrechnung?

Verrät sich die Daeva innerhalb des Kontors oder dringen die Abenteurer gegen ihre Bemühungen bis zu Sansifreidas Schreibstube vor, wo sie die echte Händlerin vorfinden, versucht Ezgil unter boshaften (aber glücklicherweise magisch nicht wirksamen) Flüchen zu flüchten. Sie hat kein Interesse an einem Kampf und zieht es vor, sich ein andermal zu rächen. Hindern die Abenteurer sie aber an der Flucht, um der bösen Fee ein Ende zu machen, setzt sie sich mit allem, was sie hat, zur Wehr.

Nach dem Sieg über die Daeva können die Abenteurer die echte Sansifreida suchen und befreien sowie die Zirahner aus dem Mietstall am Hafen holen und in die Sicherheit des Kontors schaffen (weiter im Abschnitt **Belohnungen**).

Ezgil

GK	LP	FO	VTD	SR	KW	GW
5	7	34	22	0	20	21

Angriff	Wert	Schaden	WGS	INI
Körper	17	1W6+2	7 Ticks	2-1W6

Wichtige Attribute: AUS 5, BEW 4, INT 5, VER 3, WIL 4

Fertigkeiten: Athletik 7, Diplomatie 17, Empathie 17, Entschlossenheit 14, Heimlichkeit 18, Redegewandtheit 18, Wahrnehmung 14, Verwandlungsmagie 15

Zauber: Verwandlung 0: Haarfarbe; I: Gesicht ändern

Meisterschaften: Diplomatie (II: Etikette), Empathie (II: Gegner durchschauen II), Heimlichkeit (II: Überraschungsangriff II), Redegewandtheit (II: Tarnidentität)

Besonderheiten: Daevas versuchen meist, potenzielle Opfer in Sicherheit zu wiegen, um dann in dem Moment zuzuschlagen, wenn diese am wenigsten damit rechnen. Sollte die Gegenwehr zu groß sein, ziehen sie sich rasch zurück – doch ihre Rachsucht lässt sie meist dasselbe Opfer später erneut angreifen.

Szene: Belohnungen

Schauplatz: Pashanis
Ziel des Spielleiters: Das Abenteuer ausklingen lassen, weitere Handlungsfäden andeuten und sowohl die Abenteurer als auch die Spieler belohnen
Ziel der Abenteurer: Das Abenteuer erfolgreich ausklingen lassen

Mit dem Abliefern der Zirahner – hoffentlich an der richtigen Adresse – endet dieses Abenteuer. Die Abenteurer haben sich hoffentlich ihre Belohnungen verdient. Und wer weiß, wohin es von hier aus für sie weitergeht.

Absatteln

Mit dem Ende des Abenteuers haben sich die Abenteurer folgende Erfahrungspunkte verdient:
⚜ 5 EP für das Abschließen des Abenteuers
⚜ 1 EP pro Zirahner, der abgeliefert wurde
⚜ 1 EP, wenn alle Pferde abgeliefert und an Sansifreida Cantaris verkauft werden konnten. Bei Erfolg wird der Gruppe selbstverständlich der volle vereinbarte Lohn (siehe S. 4 und 6) ausgehändigt. Sind Zirahner zu Schaden oder gar abhanden gekommen, entscheiden Sie als Spielleiter, wie Sansifreida oder Atosh im Einzelnen reagieren und gegebenenfalls Kompensation von den Abenteurern fordern.

⚜ 2 EP, wenn Ezgil durchschaut und bekämpft wurde
⚜ Wenn die Abenteurer Sansifreida im Finale selbst befreit haben, legt sie entweder aus eigener Tasche noch 30 Lunare auf den Sold drauf oder macht den Abenteurern das Angebot, sich in ihrem Kontor in ungefähr gleichem Wert auszurüsten.

Aber ist die Geschichte damit schon zu Ende?
🌀 Die Abenteurer haben sich bei Erfolg ihrer Mission bei Atosh und Sansifreida gleichermaßen verdient gemacht. Beide könnten entsprechend vertrauensvoll auf sie zurückkommen, wenn sie weitere Aufträge zu erfüllen haben. So könnten Sie zum Beispiel das Abenteuer ***Die Federn des Feiglings*** aus dem ***GRT-Schnellstarter 2016*** anschließen, in dem Atoshs Familie erneut in Schwierigkeiten gerät.
🌀 Die Daeva Ezgil wird sich ihrerseits sicher auch an die Abenteurer erinnern und könnte ihnen in Zukunft als Antagonistin weiter Ärger bereiten.
🌀 Haben die Abenteurer mit dem Wasserdjinn Ahrsravun eine Abmachung, sollten sie diese tunlichst einhalten. Der Bruch eines mit ihm geschlossenen Feenpaktes würde den Djinn sehr verärgern und ihn in die Lage versetzen, sie in Zukunft in halb Pash Anar durch natürliche Süßwasserflächen (Bäche, Flüsse, Teiche, Pfützen) aufspüren und piesacken zu können, bis sie ihren Teil des Handels einhalten.

Anhang

Atosh Harunbeh

Atosh Harunbeh steht einer seit vielen Generationen ehrbaren und zumindest bis vor kurzem auch überaus erfolgreichen Familie von Pferdezüchtern und Händlern in Zirahya vor. Aus seiner Zucht stammt unter anderem der berühmte Hengst *Eshi* der Satrapin Zirahyas. Unlängst ist seine Familie jedoch unter den Fluch der Daeva Ezgil gefallen, weswegen Atosh sich an Außenstehende wendet, um ein unmittelbar fälliges Geschäft mit ausländischen Käufern abzuschließen. Atosh ist 54 Jahre alt, hat dunkle Haare mit grauen Strähnen und ist überaus großzügig.

Atosh Harunbeh

Wichtige Attribute: AUS 4, BEW 3, INT 3, WIL 3
Wichtige abgeleitete Werte: FO 11, GW 21
Fertigkeiten: Diplomatie 13, Empathie 11, Entschlossenheit 16, Naturkunde 12, Redegewandtheit 12, Straßenkunde 11, Tierführung 15, Wahrnehmung 8, Naturmagie 11
Zauber: Natur 0: Freund der Tiere, Magischer Kompass; I: Tierischer Bote, Tiersinne
Meisterschaften: Diplomatie (I: Feilscher, Stil und Grazie), Empathie (I: Rede mit mir), Entschlossenheit (II: Gesundes Misstrauen), Tierführung (I: Dompteur)

Eferreth Yereshdoh – Sipahi

Eferreth Yereshdoh ist die stolze Anführerin des Sipahi-*Ordens der Blutfalken*, der stets nach dem Rechten schaut und die Straße zu Pashanis sicher hält. Durch einen Zusammenstoß mit gefährlichen Nephilim hat der Orden gerade erst einen Rückschlag erlitten.

Die geradlinige Eferreth ist ca. 40 Jahre alt, hat diverse Kampfnarben und wird immer von ihrem Tiervertrauten *Azin* begleitet – einem Falken.

GK	LP	FO	VTD	SR	KW	GW
5	10	6	22	0	18	17

Angriff	Wert	Schaden	WGS	INI
Zackenspieß	13	1W6+5	12 Ticks	7-1W6

Wichtige Attribute: BEW 4, INT 3, KON 4, STÄ 4
Fertigkeiten: Akrobatik 12, Athletik 9, Entschlossenheit 7, Heimlichkeit 7, Jagdkunst 8, Schlösser und Fallen 7, Tierführung 12, Überleben 12, Wahrnehmung 9, Zähigkeit 12, Naturmagie 11, Stärkungsmagie 8
Zauber: Natur I: Tierischer Bote, Tiersinne; Stärkung 0: Ausdauer stärken
Meisterschaften: Nahkampf (I: Ausfall), Tierführung (I: Reiterkampf), Überleben (I: Wetterfest), Zähigkeit (I: Rüstungsträger I)

Sansifreida Cantaris, die Mittlerin

Die Aufgabe der zahlenverliebten Kontoristin Sansifreida ist es, die gekauften Zirahner-Pferde von den Abenteurern in Pashanis in Empfang zu nehmen und ihnen ihren Lohn auszuzahlen. Sie steht als Zwischenhändlerin in den Diensten der eigentlichen Käufer und wird die weitere Schiffsreise mit den Tieren in die Hand nehmen.

Die sonnengebräunte Sansifreida ist 36 Jahre alt, hat sonnengebleichtes blondes Haar und ist recht humorlos.

Sansifreida

Wichtige Attribute: AUS 3, VER 3, WIL 4
Wichtige abgeleitete Werte: FO 12, GW 19
Fertigkeiten: Diplomatie 15, Empathie 9, Entschlossenheit 11, Erkenntnismagie 14, Stärkungsmagie 6
Zauber: Erkenntnis 0: Magie erkennen; I: Alarm; II: Schriftverständnis; Stärkung I: Zunge des Diplomaten
Meisterschaften: Diplomatie (II: Etikette), Erkenntnismagie (I: Stimmungsgespür)

Asfahani, Pferdediebin aus Leidenschaft

Die junge Asfahani wird von der Daeva Ezgil auf die Zirahner der Abenteurer angesetzt. Sie ist die Anführerin einer kleinen aufstrebenden Bande von Pferdedieben, die sich in der Unterwelt einen Namen machen wollen, wenn es zu echter Ehre nach dem farukanischem Ideal schon nicht reicht.

Sie ist ca. 25 Jahre alt, hat stets ein spitzbübisches Lächeln auf den Lippen und besitzt eine ziemlich zerrupfte Feder an ihrer abgewetzten Kappe.

GK	LP	FO	VTD	SR	KW	GW
5	7	11	20	0	18	18

Angriff	Wert	Schaden	WGS	INI
Säbel	11	1W6+4	8 Ticks	7-1W6

Wichtige Attribute: AUS 4, BEW 4, INT 3, WIL 3
Fertigkeiten: Akrobatik 11, Athletik 11, Entschlossenheit 7, Fingerfertigkeit 12, Heimlichkeit 13, Naturkunde 12, Redegewandtheit 8, Straßenkunde 13, Tierführung 17, Wahrnehmung 9, Zähigkeit 6, Naturmagie 11, Schattenmagie 8, Stärkungsmagie 8
Zauber: Natur 0: Freund der Tiere; I: Tierischer Bote; Schatten I: Katzenaugen, Schattenmantel; Stärkung 0: Ausdauer stärken; I: Sicht verbessern
Meisterschaften: Fingerfertigkeit (I: Knotenlöser), Heimlichkeit (I: Überraschungsangriff I, Unauffällig), Naturkunde (I: Jäger Pferd), Straßenkunde (I: Gerüchte aufschnappen), Tierführung (I: Dompteur, Reiterkampf)

Ezgil vom Hause Arska — eine Daeva

Von den vielen Dämonen, die in Pash Anar die Sterblichen quälen, zählen die Daevas mit Sicherheit zu den hinterhältigsten. Auf den ersten Blick scheinen die buckligen Feenwesen mit rötlicher Haut keine große Gefahr darzustellen. Zwar verraten ihre scharfen Krallen und der breite, zu einem Grinsen verzogene Mund mit spitzen Zahnreihen, dass sie sich körperlich zu wehren verstehen,   doch liegt ihre wahre Genialität in der Fähigkeit zur Lüge und Versuchung.

Daeva

Daevas wandern heimlich und unerkannt durch ganz Pash Anar, um Opfer für ihr schändliches Tun zu finden – so wie Ezgil. Dafür verlassen sich höhere Daevas auf ihre Fähigkeit zum Gestaltwandel. Die Motive der Daevas sind dabei schwer zu durchschauen. Niemand weiß, ob sie nur ihrer bösartigen Natur wegen Zerstörung und Zwietracht säen wollen, ob Verzweiflung ihre Nahrung ist oder ob sie einer geheimen Agenda folgen, die der endgültigen Vernichtung aller Fleckengnome dient, die sie zutiefst hassen.

GK	LP	FO	VTD	SR	KW	GW
5	7	34	22	0	20	21

Angriff	Wert	Schaden	WGS	INI
Körper	17	1W6+2	7 Ticks	2-1W6

Wichtige Attribute: AUS 5, BEW 4, INT 5, VER 3, WIL 4

Fertigkeiten: Athletik 7, Diplomatie 17, Empathie 17, Entschlossenheit 14, Heimlichkeit 18, Redegewandtheit 18, Wahrnehmung 14, Verwandlungsmagie 15

Zauber: Verwandlung 0: Haarfarbe; I: Gesicht ändern

Meisterschaften: Diplomatie (II: Etikette), Empathie (II: Gegner durchschauen II), Heimlichkeit (II: Überraschungsangriff II), Redegewandtheit (II: Tarnidentität)

Besonderheiten: Daevas versuchen meist, potenzielle Opfer in Sicherheit zu wiegen, um dann in dem Moment zuzuschlagen, wenn diese am wenigsten damit rechnen. Sollte die Gegenwehr zu groß sein, ziehen sie sich rasch zurück – doch ihre Rachsucht lässt sie meist dasselbe Opfer später erneut angreifen.